EIFEL KRIMI

2

Edgar Noske, Jahrgang 1957, lebt als freier Autor in Niederkassel. Im Emons Verlag erschienen von ihm bisher die Kriminalromane *Nacht über Nippes*, *Über die Wupper*, *Bitte ein Mord* und *Tote Rosen*.

Dieses Buch ist ein Roman. Handlungen und Personen sind frei erfunden. Ähnlichkeiten mit lebenden oder toten Personen sind rein zufällig.

Edgar Noske

Rittermord

Emons Verlag

Umschlaggestaltung: Atelier Schaller, Köln
Umschlagzeichnung: Heribert Stragholz
Umschlaglithografie: HDL Repro-Service GmbH, Köln
Druck und Bindung: Clausen & Bosse GmbH, Leck
Printed in Germany 1997
ISBN 3-924491-65-8

Für Gerlinde und Harald

und für Norman, den Zwanzig-Kilo-Ritter

Prolog

Mit Bäumen habe ich mich noch nie ausgekannt. Dabei mag ich sie, sehr sogar. Birken erkenne ich natürlich auf Anhieb. Aber schon bei Kastanien geht es los. Die kann ich nur bestimmen, wenn im Herbst die gleichnamigen Früchte auf dem Boden liegen. Würde jemand Kastanien unter eine Eiche streuen, ich hielte die Eiche für eine Kastanie. So ist das nun mal.

Seit kurzem erkenne ich außer der Birke noch einen weiteren Baum. Ein Baum, wie er mir zum ersten Mal vor über einem Jahr in Berlin aufgefallen war. Die Stelle, an der ich damals stand, wurde von seiner mächtigen Krone überschattet. Da wußte ich allerdings noch nicht, um welche Art Baum es sich handelte, und ich war auch nicht in der Stimmung, irgendwen danach zu fragen.

Nun ist es gerade mal vier Wochen her, daß ich in einem kleinen Ort in der Nähe von Zürich erneut im Schatten eines solchen Baumes stand. Diesmal zwang ich mich zu fragen, obwohl mir wieder nicht danach zumute war.

Blutbuche, sagte der Mann vom Bestattungsinstitut. Das ist eine Blutbuche.

Kapitel 1

März 1996
B 257, zwischen Steinborn und Meisburg

Die Außentemperaturanzeige des Zwei-Tonnen-Mercedes-Coupés blinkte unaufhörlich. Vier Grad minus. Dabei sah die Fahrbahn überhaupt nicht glatt aus, nur naß. Wahrscheinlich ist die Luft kälter als der Boden, dachte der Fahrer. Außerdem hat der Wagen ABS, ASR und ESP. Und für den ultimativen Fall die Airbags. Was soll also schon passieren?

Komm, Junge, gib Gas, spornte er sich selbst an. In zwanzig Minuten bist du zu Hause. Da warten ein reifer, alter Brandy und eine knackige, junge Blondine. Er nahm den Kopf ein wenig zur Seite und grinste sich selbst im Innenspiegel an. Woran erkennt man den wirklich erfolgreichen Mann? Na, woran? Daran, daß sein Brandy älter ist als seine Freundin. Er lachte. Als er wieder nach vorne sah, knallte es.

Das kleinere der beiden Kinder, vermutlich ein Junge, lag auf dem Bauch, das Gesicht in einer hellroten Pfütze. Seine Arme waren seltsam verdreht, und ihm fehlte der Hinterkopf. Das Gehirn war weißer als der Schnee am Straßenrand.

Das andere Kind, ein Mädchen, lag mit angezogenen Beinen im Straßengraben. Ihr langes, braunes Haar war wie ein Fächer auf dem Schnee ausgebreitet. Sie sah unverletzt aus. Gerade so, als könnte sie aufstehen und sagen, halb so schlimm, mir ist nichts passiert. Aber als der Fahrer nach ihrem Puls tastete, fühlte er nichts.

Ihm wurde flau. Stoßweise atmend lehnte er sich gegen den Kotflügel und griff dabei in eine klebrige Masse. Blut und Hirn vermengt mit Haaren und Knochensplittern. Er übergab sich, nur wenige Schritte neben dem Mädchen.

Dann überschlugen sich seine Gedanken. Mittags zum Essen hatte er eine Flasche Wein getrunken. Dazu Aperitif und Digestif. Das reichte in jedem Fall. Und beide Kinder waren tot. Das bedeutete Knast.

Hastig blickte er sich um. Bisher war niemand vorbeigekommen, niemand hatte ihn gesehen. Und den Kindern war sowieso nicht mehr zu helfen.

Er stieg ein und flüchtete.

Kapitel 2

Mai 1997
Kyllburg

Er hieß entweder Karajan, Barenboim oder Celibidache, ich wußte es nicht mehr. Jedenfalls wie einer dieser Dirigenten. Als ich an die Glastür des Windfangs der Villa Rütt klopfte, hob er träge das linke Lid. Seinem einäugigen Blick nach zu urteilen, interessierte ich ihn wie Hundegebell in Ostpreußen. Ich klopfte noch einmal. Das animierte den Neufundländer immerhin, sich auf die Seite zu wälzen, sich zu strecken und mit dem Schweif auf die Fußmatte zu klopfen. Dadurch kam ein kleines Pappschild mit Tesastreifen über den Ecken zum Vorschein, auf dem er gelegen hatte: »Klingel defekt – Bitte den Seiteneingang benutzen«.

Die Seitentür stand offen. Ich klopfte trotzdem an und rief »Hallo?«. Zur Antwort heulte ein Staubsauger tief im Inneren des Hauses auf. Ich trat ein, stieg ein paar Stufen hoch und folgte dem Lärm bis zur Quelle. Die lag im Fernsehzimmer, einem drei mal vier Meter großen Raum, der quer durch alle Stile so möbliert war, daß bei Bedarf acht Personen gleichzeitig in der ersten Reihe sitzen konnten.

Der Vorwerk-Oldtimer wurde von einer Frau herumbugsiert, die mit Jeans, einer weißen Bluse und beigen Mokassins bekleidet war. Zur Bändigung ihrer kastanienbraunen Mähne trug sie ein Stirnband. Die Arbeit tat sie mit ruckartigen, energischen Bewegungen, dabei warf sie immer wieder kurze Blicke aus dem Fenster, als seien die Teppiche schuld, daß es nach Regen aussah.

Bis auf zehn Zentimeter reichte sie locker an meine eins achtzig heran, wog andererseits bestimmt vierzig Kilo weniger, als ich zur Zeit auf den Rippen hatte. Die Frau war achtunddreißig Jahre alt, hieß Regina Echternach, war die Inhaberin der Pension und so was ähnliches wie meine Stiefschwester. Um mich bemerkbar zu machen, zog ich den Stecker.

Ihr Blick folgte dem Kabel, und als sie mich entdeckte, fuhr sie zusammen, als stünde der Sensenmann im Rahmen. Aber nur für Sekunden, dann hatte sie ihre Contenance wiedergewonnen.

»Thomas Henschel«, sagte sie, wobei sie sich auf den Staubsauger stützte wie ein Bauarbeiter auf seine Schaufel. »Ich hätte dich beinahe nicht erkannt. Du siehst entsetzlich aus. Schläfst du neuerdings unter Brücken?«

»Als wir uns das letzte Mal gesehen haben, hast du mich noch mit Götz George verglichen.«

»Du verwechselst Duisburg mit Saarbrücken. Ich hab gesagt, du siehst aus wie Max Palü. Dafür würde ich mich heute allerdings in aller Form entschuldigen. Bei Herrn Senf natürlich.«

»Schön, daß in diesen unruhigen Zeiten wenigstens auf eins Verlaß ist: Du bist und bleibst ein Giftzahn, Gina.«

»Okay, eins zu eins. Im übrigen kommst du sechs Monate zu spät. Die Beisetzung deines Vaters war am achtundzwanzigsten Dezember. Soll ich dir den Weg zum Friedhof beschreiben?«

»Liegt er im gleichen Grab wie deine Mutter?« Ich drehte mich zu dem anderthalb Quadratmeter großen Ölporträt der Grande Dame Echternach um. Sie war eine hagere Frau mit strengen Zügen und stechendem Blick gewesen, die sich vorzugsweise mit Lavendel parfümiert hatte. Was mein Vater an ihr gefunden hatte, war mir schon immer schleierhaft gewesen.

»Sie waren im Leben vereint, das hat ihnen genügt. Außerdem hätte der Pastor da wohl kaum mitgespielt.« Gina legte den Kopf schräg. »Was treibt dich her? Willst du die Habseligkeiten deines Vaters abholen? Alles, was er besaß, steht in zwei Kartons verpackt im Keller. Du kannst sie mitnehmen.«

»Schenk den Kram der Caritas«, sagte ich und setzte mich zur Vorbeugung einer Kreislaufschwäche in den nächstbesten Sessel. Da die Polsterung nur aus Schaumstoff bestand, sackte ich durch. »Geld hat er nicht zufällig hinterlassen?«

Gina lachte auf. »Geld? Was für Geld? Er hatte nicht eine Mark eigenes Einkommen. Er hat mit von dem gelebt, was die Pension einbringt.«

»Was nur recht und billig war. Schließlich hat er deiner Mutter die Bude hier finanziert.«

»Voilà«, höhnte sie. »Wußte ich es doch, daß du ruck-zuck wieder auf den Punkt kommen würdest. Fehlt nur noch, daß du sagst, hätte er damals die Villa und die Gärtnerei nicht gekauft, wäre seine Firma nicht pleite gegangen, und du und deine Mutter hätten nicht in Armut leben müssen.« Sie lockte mich mit dem Zeigefinger wie die Hexe den Hänsel. »Komm, komm, sag's schon.«

Es war zwar erst halb elf, aber hätte mir jemand ein Bier angeboten, ich hätte mich nicht gesträubt. Eifel macht durstig.

»Tatsache ist, daß mein Erzeuger, als er meine Mutter und mich verließ, um mit deiner Mutter und dir zu leben, uns völlig unversorgt zurückgelassen hat«, sagte ich. »Und da meine Mutter zu vornehmtuerisch und vor allen Dingen zu faul war, um zu arbeiten, hatte ich eine kreuzbeschissene Jugend.«

Gina ließ sich auf einem geblümten Zweisitzer nieder und schlug ein Bein unter. Beinahe sah es aus, als sitze sie auf einer Frühlingswiese.

»Ob du es glaubst oder nicht, das hat deinem Vater auch weh getan«, sagte sie auf einmal sehr leise. »Besonders in seinen letzten Monaten sagte er oft, er hoffe, du würdest ihn eines Tages verstehen.«

»Den Teufel werd ich. Der Alte grämt sich gegen Lebensende ein bißchen, und damit soll alles vergeben und vergessen sein? Nee, nee, meine Liebe, so nicht. Daß er es mit meiner Mutter nicht mehr ausgehalten hat, hab ich schon als Zehnjähriger kapiert. Das war aber kein Grund, auch mich zu verlassen.«

»Du hättest doch sowieso nicht mit uns leben wollen.«

»Der Alte hätte es mir zumindest mal anbieten können.«

»Spar dir die Leier, Tom, ich kann sie nicht mehr hören«, sagte Gina. »Zumal du aus deiner Erfahrung nicht die Bohne gelernt hast. Du bist doch deiner eigenen Tochter ein größerer Rabenvater, als dein Vater es dir je war.«

»Das wirst du doch wohl nicht vergleichen wollen? Nicht ich

hab Frau und Kind sitzenlassen, Margot hat mich verlassen und Jennifer mitgenommen.«

»Ich rede nicht von dem, was vor zehn Jahren war, ich rede von der Zeit seit Margots Tod. Jetzt hast du die Gelegenheit und auch die Pflicht, dich um Jennifer zu kümmern.«

»Mein Gott, erstens ist Jennifer siebzehn und kein Kind mehr. Zweitens hab ich sie nach Margots Beisetzung gefragt, ob sie zu mir kommen will, aber sie hat es vorgezogen, bei ihrem Stiefvater zu bleiben.«

Die Wolkendecke mußte aufgerissen sein, denn ein Sonnenstrahl brach sich in dem Glasascher auf dem Tisch und blendete mich. Ich kniff die Augen zusammen und ärgerte mich, daß ich morgens nur ein und nicht gleich zwei Aspirin genommen hatte.

»Hast du denn regelmäßig Kontakt zu ihr?«

»Natürlich, ihr geht's prima.« Ich räusperte mich. »Du hast nicht zufällig 'n Bier im Kühlschrank?«

»Trinkst du jetzt schon vormittags?«

Für die Frage haßte ich sie, vor allem für den Tonfall, in dem sie sie gestellt hatte. Mit ihrem Idealgewicht, ihrem korrekten Blutdruck, ihren unbedenklichen Leberwerten und ihrem gesunden, landfrischen Teint hätte sie vom Fleck weg Reklame für Vollkornnudeln ohne Ei machen können.

»Vergiß es«, sagte ich und kämpfte mich aus dem Sessel hoch wie aus Treibsand. »Welches Zimmer kann ich haben?«

Gina erhob sich ebenfalls, reichlich verdattert. »Zimmer? Wieso Zimmer?«

»Ich bleib ein paar Tage.«

»Das ist nicht dein Ernst. Ich hab kein Zimmer frei.«

»Muß ich dich wirklich an die notariell beglaubigte Vereinbarung erinnern, nach der mein Alter und seine direkten Nachkommen – das bin ich – zeitlebens Anrecht auf ein Zimmer in diesem Haus haben?«

Wenn sie wollte, konnte sie richtig böse gucken. »Darauf willst du doch nicht etwa pochen?«

»Und ob«, sagte ich und war mir darüber im klaren, daß ich die Tür abschließen und verbarrikadieren mußte, um nicht im Schlaf erdolcht zu werden. Aber ich hatte keine Alternative.

Sie hatte natürlich gelogen, denn ein Zimmer war frei, zufällig das kleinste und schäbigste oben unter dem Dach. Nachdem ich meine beiden Koffer raufgeschafft hatte, sah ich aus dem Fenster, wie Gina über den Hof stapfte, in ihren japanischen Pritschenwagen kletterte und mit durchdrehenden Reifen davonschoß.

Keine Frage, ich war willkommen.

Kapitel 3

Seikos lügen nicht, also hatte ich keine Stunde geschlafen, als ich schweißgebadet hochschreckte. Es dauerte eine ganze Weile, bis ich wußte, wo ich war, und noch etwas länger, bis die letzten Bilder des Alptraums verblaßt waren. Ich trank mindestens einen Liter Leitungswasser, wusch mir Gesicht und Oberkörper, zog mir ein frisches Hemd an und ging in den Garten. Inzwischen hatte die Sonne sich durchgesetzt und ließ die Erde dampfen.

Das zur Villa gehörende Terrassengelände erstreckte sich über den östlichen Teil des Stiftsbergplateaus bis zur Kirche hin. Unter dem ersten großen Baum stand eine Bank, und daneben parkte ein Rollstuhl. In dem Stuhl saß in Anorak und Decke verpackt ein blasses, vielleicht zehnjähriges Mädchen und bückte sich vergeblich nach einem Buch, das ihr runtergefallen war. Ich ging zu ihr, hob das Buch auf und reichte es ihr. ›Gloria von Jaxtberg oder die Prinzessin vom Pfandlhof‹ war der Titel. Das dazugehörige Bild zeigte ein verträumt dreinblickendes, blumenkauendes Schwein.

»Ist die Geschichte gut?« fragte ich.

Sie gab keine Antwort, starrte mich nur an. Ihre Augen waren die eines possierlichen Tierchens, groß und haselnußbraun.

»Oder hast du's noch gar nicht gelesen?«

Ihre Gesichtszüge entspannten sich, aber sie sagte weiterhin keinen Ton. Dann schlug sie das Buch auf und fuhr mit dem Finger die Zeilen entlang. Sehr langsam, als sei ihr das Lesen ähnlich fremd wie das Reden. Ich wollte gerade weitergehen, als Schritte über den Kies heranhuschten.

Die Frau, die auf mich zusteuerte, war klein – wenn sie eins sechzig maß, war's viel – grauhaarig und hager. Sie trug ein altmodisch geschnittenes, langärmeliges, schwarzes Kleid, blickdichte schwarze Strümpfe und schwarze Schuhe mit flachen Absätzen. Im ersten Moment hielt ich sie für sechzig oder älter. Als sie vor mir stand, sah ich, daß sie keine vierzig war.

»Ich hab Sie vom Fenster aus gesehen«, sagte sie, ein bißchen außer Atem. »Die Sophie spricht nicht.«

»Das macht doch nichts«, sagte ich. »Kann sie denn hören?«

»Sicher. Früher hat sie auch gesprochen. Ganz normal.« Die Frau rang ihre Hände, als sei es ihr peinlich, daß ich davon erfuhr.

Erst jetzt sah ich, daß ihre Züge denen des Mädchens ähnelten. Sie hatte die gleichen Augen. Nur waren ihre stumpf, ohne Glanz.

»Marianne Kalff«, sagte die Frau und streckte mir die Hand hin. »Ich führ der Frau Echternach den Haushalt. Sie sind der Sohn des alten Herrn Henschel, nicht wahr? Man sieht's.«

Ihre Hand war kalt wie ein Grab und fast ohne Fleisch.

»Ich hoffe nicht«, sagte ich.

»Doch, doch. Die Augen und der Mund. Ich hab ihren Vater gut gekannt. Ein feiner Herr.« Sie trat hinter den Rollstuhl und löste die Bremse. »Es ist Zeit zum Essen. Dann kommt auch schon mein Mann und holt das Kind. Möchten Sie auch einen Teller Suppe?«

»Nein, danke.« Ich machte winke-winke. »Tschüß, Sophie.«

Das Mädchen reagierte überhaupt nicht. Vielleicht war sie doch gehörlos, und ihre Mutter hatte es nur noch nicht bemerkt.

Ich setzte mich auf die Bank und machte mich lang, weil ich dann mit den Füßen einen Sonnenfleck erreichte. So kühl es im Schatten war, so warm war's in der Sonne. Ich schloß die Augen. Außer dem Wind und gelegentlichem Vogelgezwitscher herrschte absolute Stille.

»Auf der Bank oben beim Kanonikerhaus säßen Sie komplett in der Sonne«, sagte plötzlich eine kernige Männerstimme.

Ich klappte die Augen auf. Der Mann, zu dem die Stimme gehörte, hatte in etwa meine Größe und war kräftig, aber nicht dick. Das blonde Haar war unmodisch lang und hing ihm in Fransen ins Gesicht, dazu trug er einen Vollbart. Seine Augen waren hinter einer Sonnenbrille versteckt. Wo Haut zu sehen war, sah sie nach häufigem Aufenthalt im Freien aus. Bekleidet war er mit einer dreiviertellangen Wildlederhose mit Hosenträgern und einem karierten

Hemd. Seine Füße steckten in derben Wanderschuhen und Wollstrümpfen, die so kratzig aussahen, daß mir unwillkürlich die Waden juckten.

»Das ist Ihre Bank, und Sie wollen sie für sich allein haben«, sagte ich, und als er die Sonnenbrille auf die Stirn schob: »Sie kommen mir bekannt vor. Hab ich Sie mal verhaftet?«

Er grinste. »Josef Deutsch, ich bin der Verlobte von Frau Echternach.«

Gina und Josef, natürlich. Eine jener endlosen Verlobungen, die schon so lange währte, daß sie nicht mehr in einer Ehe enden würde. Zehn Jahre waren die beiden mindestens zusammen.

»Jetzt weiß ich auch, wer Sie sind«, fuhr Deutsch fort. »Sie sind der Sohn vom alten Henschel, der Mann von der Kripo. Vor vier oder fünf Jahren sind wir uns mal begegnet.«

Er sprach unnötig laut, als sei er in der Nähe eines Flughafens aufgewachsen. Aber vielleicht gehörte das auch zu seinem Naturburschenimage.

»Stimmt«, sagte ich. »Sie sind der Bauer aus Nettersheim. Was machen die Rindviecher?«

»Engelgau«, sagte er und setzte sich neben mich. Ich war auf eine Wolke Kuhstall gefaßt, aber er duftete nur nach Anisbonbons. »Aber der Hof ist passé. Ich betreibe jetzt einen Naturkostladen in Bad Münstereifel. Hat Gina Ihnen nichts davon erzählt?«

»Wir hatten noch keine Gelegenheit, ausgiebig zu plaudern. Ich bin erst heute angekommen. Morgen hätte sie's mir bestimmt gesagt.«

»Seit drei Jahren mach ich das jetzt. Läuft ganz gut. Und Sie sind noch bei der Kripo?«

»'türlich«, sagte ich. »Mordkommission. Läuft auch ganz gut.«

»Bleiben Sie länger?«

»Ein paar Tage bestimmt. Ich muß mal ausspannen.«

»Da sind Sie hier genau richtig«, trompetete er munter, und ich war darauf gefaßt, daß er mir dazu auf die Schulter klopfen würde, aber das blieb dann doch aus. »Hat Gina Ihnen gesagt, wann sie zurück sein wollte?«

Ich schüttelte den Kopf. »Vielleicht weiß Frau Kalff Bescheid.«

»Die hab ich schon gefragt«, sagte er. »Ich hatte in Bitburg zu tun und dachte, ich schau mal vorbei. Aber jetzt muß ich wieder. Wir haben noch Probe.«

»Freiwillige Feuerwehr oder Bauernbühne?«

»Letzteres ist relativ warm«, sagte er, stand auf und zog die Sonnenbrille wieder auf die Nase. »Am Wochenende sind die Ritterfestspiele auf Satzvey. Ich reite beim Turnier mit.«

»So richtig mit Rüstung und allem?«

»Genau. Waren Sie schon mal da?«

Ich verneinte.

»Wenn Sie Lust haben – Sie sind herzlich eingeladen. Fahren Sie einfach mit Gina. Was halten Sie davon?«

»Hört sich gut an«, sagte ich. »Ich denk drüber nach.«

»Grüßen Sie Gina von mir.«

Kaum war Deutsch verschwunden, kam der Neufundländer und legte sich zu meinen Füßen. Irgendwer hatte mir mal erzählt, Hunde seien gute Zuhörer. Ich probierte es aus und erzählte ihm eine traurige Geschichte.

Kapitel 4

Der Chianti von Aldi war gar nicht schlecht, vor allem in Anbetracht des Preises. Ich hatte noch eine Flasche im Koffer gefunden, die ich mit Hilfe des Zahnputzglases in kleinen Schlucken leerte. Dabei lag ich auf dem Bett und starrte auf das Stück Abendhimmel vor dem Fenster. Vor allem auch, um nicht auf die Tapete blikken zu müssen, deren Muster mich an zerplatzende Kürbisse erinnerte. So ging das eine halbe Flasche lang, dann klopfte es.

Ich wälzte mich von meinem Lager und sperrte auf. Gina stand im Halbdunkel des Flurs. Sie trug die gleichen Klamotten wie am Vormittag, nur das Stirnband fehlte.

»Warum schließt du ab?« fragte sie. »Hast du Angst, entführt zu werden?«

»Genau. Niemand würde Lösegeld für mich zahlen.«

»Da könntest du recht haben. Ich hab mit dir zu reden. Darf ich reinkommen?«

»Hast du keine Angst um deinen guten Ruf?«

»Wer sagt dir, daß der gut ist?«

Ich ging zurück zum Bett und kuhlte mich wieder in die Matratze. Gina schloß die Tür und rückte sich den Stuhl vor dem Fenster zurecht. Halbseitig vom Abendrot beschienen sah sie aus wie Ava Gardner am Fuß des Kilimandscharo, und für einen kurzen Moment blitzte in mir die Erinnerung an jene zwei wilden, zukunftslosen Wochen vor beinahe zwanzig Jahren auf, die wir vorwiegend im Bett verbracht hatten.

»Kommen wir gleich zur Sache«, sagte sie. »Ich hab in Bonn angerufen.«

»Wen? Den Petitionsausschuß?«

»Sehr komisch. Bei der Kriminalpolizei. Auf deiner alten Dienststelle sagte man mir, daß du dort nicht mehr zu erreichen bist, und eine neue Nummer konnte man mir nicht geben. Dann hab ich's unter deiner Privatnummer versucht. Der Anschluß existiert nicht mehr.«

»So viel Interesse an meiner Person ehrt mich natürlich, aber was bezweckst du damit?«

»Ich will wissen, woran ich mit dir bin. Ich möchte nämlich nicht, daß dieses Haus zu einem Obdachlosenasyl verkommt.«

»Kontrollierst du alle deine Gäste auf einen festen Wohnsitz?«

»Nur solche, die einen derart verlotterten Eindruck machen wie du.« Sie schlug die Beine übereinander. »Was ist los mit dir? Bist du entlassen, oder wie heißt das bei Beamten?«

Ich verschränkte die Hände hinter dem Kopf. »Eigentlich darf ich nicht darüber reden – ich bin undercover unterwegs. Ich soll als Nachfolger von Mauss aufgebaut werden.«

Für den Blick, mit dem sie mich anstarrte, wäre sie noch vor dreihundert Jahren auf dem Scheiterhaufen gelandet.

»Du kennst doch solche Geschichten bestimmt aus der Glotze«, sagte ich. »Ein Bulle tut so, als hätte er den Boden unter den Füßen verloren – keinen Job mehr, keine Familie, kein Zuhause –, und bietet sich so der Gegenseite indirekt als Überläufer an.«

»Der Mafia?«

»Zum Beispiel.«

»So etwas gibt's aber nur im Fernsehen.«

»Gina, die Wirklichkeit ist viel bizarrer, als du dir das vorstellen kannst.«

»Vielleicht – aber bestimmt nicht in deinem Fall.« Sie beugte sich vor. Ihre Augen waren ganz schmal, und sie betonte Wort für Wort. »Ich frage noch einmal: Was ist mit dir los?«

Ich seufzte, erweichte damit aber nur mein eigenes Herz. »Was willst du hören? Die Wahrheit?«

»Ich bitte darum.«

»Die ist aber grausam.«

»Ich werd's verkraften.«

»Okay«, sagte ich. »Ich bin kein Beamter mehr, und meine Pensionsansprüche sind verfallen.«

»Also doch gefeuert.«

»Wir haben uns in gegenseitigem Einvernehmen getrennt, das ist was anderes. Ich bin weder vogelfrei noch exkommuniziert.«

Gina lehnte sich wieder zurück. Die letzten Sonnenstrahlen bescherten ihr den Teint einer Indianerin. »Und warum? Was hast du angestellt?«

Ich stützte mich auf den linken Ellbogen. »Nichts, wofür ich mich schämen müßte, aber eben Dinge, die ein Beamter nicht tun darf.«

»Und das wäre?«

»Kein Kommentar.«

»Dann erzähl mir wenigstens, warum sie dich nicht einfach rausgeschmissen haben.«

Ich angelte mein Chiantiglas vom Boden, schwenkte es und nahm einen Schluck. Als er unten war, sagte ich: »Mein Oberboß hat 'ne Leiche im Keller, und davon weiß ich. Er hat sogar noch die Auszahlung meiner Überstunden veranlaßt.«

Gina zeigte sich unerwartet naiv. »Er hat jemand umgebracht?«

»Sinnbildlich gesprochen.« Ich trank aus. »Da es in ein paar Tagen sowieso in der Zeitung steht, kann ich es dir auch erzählen: Das Schwein hat mit der Firma, die das Präsidium putzt, krumme Geschäfte gemacht. Die Schrubberschwinger haben mehr Quadratmeter in Rechnung gestellt, als das Gebäude Fläche hat, und er hat das jahrelang abgezeichnet. Den Reibach haben sie sich geteilt.«

»Wieso kommt das in die Zeitung? Weiß denn noch jemand außer dir, daß ...«

»Nein.«

»Dann hast also du ...«

»Ja.«

»Du hast ihn verpfiffen, obwohl ...«

»Der Kerl ist 'n Schwein, Gina. Spar dir dein Mitgefühl.«

»Aber dann wird er doch wissen, daß du der Informant bist. Hast du keine Angst, daß er dir im nachhinein schaden könnte?«

»Indem er zugibt, er hätte versucht, sich mein Schweigen zu erkaufen? Wohl kaum.«

Ich sagte das leichthin. Ein Mangel an Überzeugung, den Gina spürte.

»Damit wir uns nicht falsch verstehen, Tom: Sollten hier irgendwelche zwielichtigen Figuren auftauchen und Krawall machen, fliegst du auf der Stelle raus. Notariell beglaubigtes Wohnrecht hin oder her. Ist das klar?«

Ich nickte ergeben.

»Ganz was anderes«, sagte sie. »Wenn du willst, kannst du mittags in der Küche essen. Marianne – ich meine Frau Kalff – hat sich bereit erklärt, für dich mitzukochen. Dann hättest du wenigstens einmal am Tag was Warmes im Bauch.«

»Das hast du doch nur veranlaßt, weil du Angst hast, ich könnte mir hier 'nen Campingkocher reinstellen. Oder noch schlimmer – ich könnte im Speisesaal auftauchen.«

In ihren Augen gab es ein kleines Gewitter. »Du bist ein wirklich undankbares Stück, Tom.«

»Kocht sie denn gut?«

»Probier's aus.«

Ich fischte einen Zahnstocher aus der Brusttasche. Bis vor einem halben Jahr hatte ich vierzig Zigaretten am Tag geraucht. Zur Zeit kam ich mit zwanzig Zahnstochern aus. »Was ist eigentlich mit ihrer Tochter los? Warum redet die Kleine nicht?«

Gina blickte aus dem Fenster. Das Restlicht zeichnete ihre Konturen hamiltonweich.

»Sophie und ihr kleiner Bruder wurden letztes Jahr von einem Auto angefahren. Helmut war auf der Stelle tot, Sophie sitzt seitdem im Rollstuhl und hat nie wieder ein Wort gesprochen. Damals ist Marianne innerhalb von vier Tagen grau geworden.«

»Daß sie nicht spricht, ist das psychisch bedingt?«

Gina nickte.

»Ist sie in Therapie?«

»Dafür ist kein Geld da. Die Kalffs kommen gerade mal so über die Runden.«

»Die Reha muß doch der Unfallverursacher zahlen. Haben die Kalffs keinen Anwalt genommen?«

»Wer auch immer es war, er hat Fahrerflucht begangen. Die Kinder hat man erst eine halbe Stunde nach dem Unfall gefunden. Das Tragische ist, wäre Sophie sofort behandelt worden, hätte sich die Lähmung wahrscheinlich vermeiden lassen.«

Wir schwiegen. Dann zerbiß ich den Zahnstocher, was in der Stille unerhört laut war. Gina nahm das zum Anlaß, aufzustehen.

»Eh ich's vergesse«, sagte ich. »Ich soll dich von deinem Langzeitverlobten grüßen.«

»Von Josef? Wann war er denn hier?«

Ich sagte es ihr. »Er hat mich für Samstag nach Satzvey eingeladen. Du sollst mich mitnehmen.«

»Was du nicht sagst«, zischte Gina. »Das wird einfach so über meinen Kopf hinweg beschlossen, oder wie? Wer ist denn auf die grandiose Idee gekommen? Du oder er?«

Ich beließ es bei einem vielsagenden Gesichtsausdruck. Einen Gute-Nacht-Kuß bekam ich nicht. Aber damit hatte ich auch nicht gerechnet.

Kapitel 5

B 51

Der Himmel war wolkenlos, die Temperatur lag bei achtzehn Grad, und im Westen versank die Sonne bereits den dritten Abend hintereinander nach einem Gemälde von Caspar David Friedrich. Wir hatten meinen Golf Diesel genommen, aber Gina saß am Steuer, um sich an den Wagen zu gewöhnen, weil sie meinte, zurück müsse sie sowieso fahren.

Kurz hinter Prüm war die Dose Bit, die ich im Eisfach vergessen hatte, soweit angetaut, daß ich den Inhalt nicht mit einem Eispickel bearbeiten und lutschen mußte. Trotzdem zog mir die Kälte beinahe die Plomben aus den Backenzähnen.

»Wenn du mir gesagt hättest, daß das ein Kostümfest wird, hätte ich mich auch verkleidet«, sagte ich. »Bettlaken, Handtuch, ein Meter Kordel – und fertig ist der Scheich.«

»Vielleicht hab ich deshalb nichts gesagt«, sagte Gina. »Wir fahren nämlich zu Ritterfestspielen und nicht zum Rosenmontagszug. Von einem Kostümfest kann überhaupt keine Rede sein.«

»Dann frage ich mich, warum du aussiehst wie Gustav Adolfs Page.«

Gina steckte in einer Art Pumphose und einem stark taillierten Wams, beides aus nachtblauem Samt und reich bestickt. Dazu gehörten schwarze Schnürstiefelchen, bei deren Anblick meine Hühneraugen drückten. Ein Hut Modell Melanchthon lag auf dem Rücksitz und komplettierte die Aufmachung.

»Wer will, kann sich der Zeit entsprechend zurechtmachen«, sagte sie. »Das ist aber kein Muß. Die meisten kommen in Zivil.«

»Und was stellst du dar? So ist doch damals keine Frau rumgelaufen.«

»Das sind die Sachen, die Maria Stuart auf der Flucht trug.«

Die Selbstverständlichkeit, mit der sie das sagte, nötigte mich zu einem Lacher. »Woher willst du wissen, was Maria Stuart getragen hat?«

»Ich hab das Stück fünfmal gesehen. Am Ende der Spielzeit hab ich die Sachen dann aus dem Fundus ersteigert.«

»Du gehst ins Theater? Das hätte ich dir gar nicht zugetraut.«

Auf dieses Kompliment hin geriet der Wagen ins Schleudern, daß mir die Bierbüchse aus der Hand rutschte. Während ich gegen den ständig blockierenden Gurt kämpfte, der mich daran hinderte, die Dose zu fassen zu kriegen, gelang es Gina, den Golf kurz vor dem Straßengraben abzufangen und auf die Fahrbahn zurückzusteuern.

Dabei schrie sie mich an: »Du glaubst wohl auch, Bildung sei nur was für Leute aus Städten mit über hunderttausend Einwohnern, und wir hier draußen hätten keinen Schimmer von Literatur, Musik und Theater! Mag sein, daß der Kyllburger Kreisverkehr kleiner ist als der Bonner Verteilerkreis, mag sein, daß die Telefonnummern hier nur vierstellig sind, das heißt aber nicht, daß unser Horizont am nächsten Höhenrücken endet!«

Ich war völlig perplex. »Das hab ich doch überhaupt nicht behauptet.«

»Du hast mir unterstellt, ich sei eine Kulturbanausin«, schäumte sie weiter und zeigte mir ihre Zähne. »Dann fragen wir dich doch mal: Wer hat denn Maria Stuart geschrieben?«

»Was? ... äh ... vielleicht Heine?«

»Heine!« Ihr Lacher knallte los wie eine zerplatzende prall aufgeblasene Papiertüte. Mir dröhnten nachhaltig die Ohren, so daß ich ihr Schluchzen erst mit Verspätung registrierte: »Das Stück ist von Schiller, Schiller, Schiller ...«

Gina war tränenblind, das hieß, wir mußten den Wagen gemeinsam zum Stehen bringen. Auf mein Kommando hin kuppelte sie ein und bremste, und ich nahm den Gang heraus und lenkte den Wagen auf den Seitenstreifen.

»Ganz ruhig, Mädchen, ganz ruhig«, sagte ich, zog die Handbremse an und legte Gina den Arm um die Schultern. »Ganz ruhig.«

Sie schüttelte mich ab. »Ach, laß mich! Ich will allein weinen.«

Ich tat ihr den Gefallen und stieg aus, marschierte zweihundert Meter die Straße entlang und kehrte wieder um. Die Luft roch würzig. Vorne rechts fehlte die Radkappe.

Bevor ich wieder einstieg, verfrachtete ich die Fußmatte in den Kofferraum. Trotzdem stank's im Innenraum penetrant nach Bier. Gina trocknete ihre Tränen, schneuzte sich und kontrollierte ihr Make-up im Innenspiegel auf Beschädigungen.

Ich hüstelte, um mich bemerkbar zu machen. »Gibt's für die Überreaktion eine Erklärung, oder soll ich mir meinen Teil denken?«

»Zunächst einmal solltest du dir abschminken, daß du ein Monopol auf Schwierigkeiten hast« raunzte sie mich an. »Außer dir gibt's noch andere Leute, die Probleme haben, auch wenn sie das nicht gleich an die große Glocke hängen.«

»Daß du uns fast in den Graben gekarrt hättest, war natürlich sehr dezent. Sehr unauffällig, hing nur an einem klitzekleinen Glöckchen.«

»Niemand hat dich gezwungen, mit mir zu fahren.«

»Stimmt«, sagte ich und schlürfte den Rest, der noch in der Dose war. »Aber das nächste Mal sagst du vorher Bescheid.«

»Reg dich ab«, sagte Gina. »Es wird kein nächstes Mal geben.«

Satzvey

Deutsch war seit einer Viertelstunde überfällig.

»Gibt's denn woanders noch 'n Kassenhäuschen?« fragte ich.

Gina verneinte. »Das ist das einzige. Ich versteh das überhaupt nicht. Normalerweise ist Josef die Pünktlichkeit in Person.«

»Dann kaufen wir uns eben Karten, eh wir uns die Beine in den Wanst stehen. Außerdem hab ich Durst auf 'n Bier. Oder gibt's hier nur Met?«

»Natürlich gibt's auch Bier.« Sie stellte sich auf die Zehenspitzen und spähte zum zigsten Mal den Weg hinunter. »Ich versteh das wirklich nicht. Halb acht hatten wir ausgemacht, und um neun beginnt schon das Turnier.«

Zweimal nicht überdachte Tribüne kosteten mich zwanzig Mark.

»Wenn du durch den Torbogen gehst und dann rechts, da gibt's jede Menge zu essen und zu trinken«, sagte Gina. »Ich geh erst mal zum Turnierplatz und seh nach, ob er da ist.«

»Und wo treffen wir uns?«

»Ich werd dich schon finden. Bis gleich.«

Hinter dem Torbogen war Markt. An den Buden wurden Holzschwerter, Papphelme und Flitzebogen für Kinder, Haushaltsbürsten und heilende Steine für Muttis und Trinkhörner für Vatis angeboten. Aber es gab auch selbstgefertigte Musikinstrumente, Korbwaren, Naturwolle, Bücher über Ritter und die Ritterzeit und immer wieder Gaukler, die jonglierten, Feuer schluckten oder auf Stelzen herumliefen. Mittelalterliche Melodien, Lauten- und Flötentöne schwirrten durch die Luft. Unter den Besuchern waren Langhaarige und Bärtige überproportional vertreten. Ein Publikum, das mich stark an Folkfestivals in den Siebzigern erinnerte. Fehlten nur ein Joint im Mundwinkel und eine mit Patschuli parfümierte Braut im Arm.

In dem zweiten Hof ging es etwas ruhiger zu. Hier wurden Kupfer- und Lederwaren, Keramik und Steinofenbrot verkauft. Und hier gab's Schmorbraten und Bier. Ich setzte mich mit meiner Portion an einen der Biertische. Als ich den dritten Bissen in den Mund schob, rutschte Gina auf die Bank gegenüber.

»Willst du 'nen Happen?« fragte ich. »Du guckst so.«

Sie schüttelte den Kopf, griff aber nach meinem Bier und trank einen Schluck. Zurück blieb ein kleiner Schaumschnäuzer. »Die wissen auch nicht, wo Josef ist. Wenn er in der nächsten halben Stunde nicht kommt, reitet ein anderer für ihn.«

»Machst du dir Sorgen?«

»Seltsam ist das schon. Auf das Turnier hat er sich seit Monaten gefreut. Und das ist auch überhaupt nicht seine Art. Sonst ruft er wenigstens an.«

»Noch ist ja Zeit.« Ich schob mir eine letzte Gabel Bratkartoffeln in den Mund und stellte den Teller zur Seite. »Wieso darf Josef eigentlich bei dem Turnier mitmachen? Im Prospekt steht, das sei 'ne professionelle Truppe.«

»Ißt du das nicht mehr?«

»Nein. Willst du's doch?«

»Eh es verkommt.«

»Restefressen macht dick«, sagte ich und schob ihr den Teller rüber. »Soll ich dir neues Besteck holen?«

»Hast du was Ansteckendes?«

»Ich bin krankhaft fröhlich.«

»So einen Virus kann ich gebrauchen«, sagte Gina. »Aber zu deiner Frage: Vor Jahren, als das mit den Ritterspielen anfing, waren es meistens Burschen aus der Gegend, die die Turniere geritten haben, so auch Josef. Damals ging's noch viel familiärer zu, nicht so professionell wie heute. Inzwischen meint man ja, hinter diesen mittelalterlichen Aktivitäten stecke eine eigene Industrie. Jedenfalls ist Josef seit damals mit den von Gymnichs, den hiesigen Burgherren, befreundet. Gereizt hat es ihn schon lange, noch mal mitzureiten, und dieses Jahr hat er es einfach nicht mehr ausgehalten. Dank der gräflichen Vermittlung hat es dann geklappt.«

»Kriegt er was dafür?«

»Im Gegenteil, er legt drauf, weil er sich extra versichern muß. Es ist halt ein Spaß, und der ist es ihm wert.«

»Trinken wir noch 'n Bier?«

Gina warf einen Blick auf ihre Ebel, die zu ihrer Aufmachung paßte wie ein Handy zu Winnetou.

»Ich würde lieber zurück und sehen, ob er inzwischen da ist. Du kannst ruhig noch bleiben.«

»Bei all diesen wilden Gesellen laß ich dich nicht allein.«

Das Markttreiben und die verschiedenen Darbietungen hatten merklich nachgelassen, da das Volk bereits in Richtung der Tribünen strebte. In vierzig Minuten sollte das Flammenturnier starten.

Jenseits des Baches, am Westende des Turnierplatzes, befanden sich die provisorischen Stallungen und der abgesperrte Bereich, in dem sich die Reiter vorbereiteten. Riesige, alte Laubbäume und allerlei Gebüsch grenzten das Gelände zu der nahen Bahnstrecke ab. Gina sprach einen Harlekin mit Schnabelschuhen und Glöckchenkappe an. Da die beiden fünf Meter entfernt standen, verstand ich kein Wort, aber des Narren Achselzucken sagte mir, daß Josef noch immer nicht eingetroffen war.

Wir beschlossen, unsere Plätze auf der Tribüne am anderen Ende des Platzes einzunehmen und drängten uns durch die Menge, als Deutsch plötzlich wie aus der Erde gewachsen vor uns stand. Er trug wieder diese Wildlederhose, aber diesmal ein gelbes T-Shirt statt des Holzfällerhemdes. Das Shirt war völlig durchgeschwitzt, und die Haare klebten ihm am Kopf. Seine Augen signalisierten äußerste Nervosität, und bevor er auch nur einen Ton gesagt hatte, hatte er sich bereits fünfmal umgeblickt, als sei ihm ein lynchbereiter Mob auf den Fersen.

»Tut mir leid«, sagte er, hauchte Gina einen Kuß auf die Wange, faßte sie an beiden Händen und wirbelte sie herum. »Ich konnte nicht früher. Mir ist kurzfristig was dazwischengekommen.«

»Was ist denn los?« fragte sie. »Du bist ja völlig außer Atem.«

»Streß, Streß, Streß.« Deutsch grinste. »Ich erzähl's euch später, ja? Ich muß mich noch umziehen. Bis nachher.«

Ein erneuter Kuß für Gina, und er war zwischen den Umstehenden verschwunden.

»Siehst du«, sagte ich. »Alle Panik war umsonst.«

»Ja«, murmelte sie. »Scheint so.«

Kapitel 6

In den Boden gerammte Fackeln und vereinzelte Fluter tauchten den Turnierplatz in ein gespenstisches Halbdunkel. Von der Regietribüne aus erläuterte der Zeremonienmeister gestelzt und in altertümlich gewürztem Deutsch den Ablauf der bevorstehenden Veranstaltung. Der Lautsprecher, auf den wir angewiesen waren, hatte Aussetzer und verzerrte, aber ich verstand immerhin soviel, daß gleich um die Ehre einer gewissen Isabella von Gymnich gestritten werden würde, der irgendein Franzose dumm gekommen war. Gina zeigte mir ein flachsblondes Fräulein an der Seite des Meisters, das auf die Entfernung aussah wie Otto Waalkes.

Dann kamen die Ritter, drei gute und drei böse. Das wurde gleich klargestellt, damit das Publikum wußte, wann es zu klatschen beziehungsweise zu buhen hatte. Alle trugen Phantasienamen. Deutsch hieß Walter von Stauffenberg und war ein Guter, weshalb er und sein Pferd auch weiß eingekleidet waren. Sein Obergegenspieler war in Schwarz gehüllt und hieß Jerôme de Fréjus, guckte böse und war der Kerl, der dem adeligen Fräulein zu nahe getreten war. Die übrigen Ritter waren Staffage. Ich sehnte mich nach einem Bier.

Im ersten Teil der Veranstaltung mußte jeder der Ritter und Knappen eine Reihe von Übungen absolvieren, bevor sie dann im zweiten Teil aufeinander losgehen durften. Da galt es zum Beispiel, aus vollem Galopp mit der Lanze brennende Holzringe unterschiedlicher Größe aufzuspießen oder gegen einen als Wildsau verkleideten Holzbock anzureiten, um ihm einen Spieß ins aufgemalte Herz zu schleudern. Ich war beeindruckt, welches Tempo die Recken dabei auf der vielleicht achtzig Meter langen Sandpiste aus ihren Pferden herausholten, wobei der weiße und der schwarze Ritter sich durch besondere Dynamik hervortaten. Reiten konnte Deutsch, das mußte man ihm lassen. Das sagte ich auch Gina, die vor Stolz und Aufregung rote Flecken im Gesicht hatte.

Für jede der Übungen gab es Punkte, oder, wie der Sprecher sich ausdrückte, für jedes Exercicium gab es Oculi, wobei ich schnell die Übersicht verlor, wer wieviel auf dem Konto hatte. Dann kam die sechste und letzte Übung, und die war die dramatischste. Unmittelbar vor unserer Tribüne wurden mannshohe Pfähle in Brand gesteckt, zwischen denen die Reiter mit ihren Tieren hindurch mußten, um sich einer Reihe in den Boden gerammter Fahnenstangen zu bemächtigen. Wenn der Brandbeschleuniger einen Umweltengel trug, wollte ich Angela heißen, denn die Pfähle qualmten und stanken, als sei ein Altreifenlager in Brand geraten. Dann drehte auch noch der Wind und jagte die schwarzen Wolken in unsere Tribüne. Gina und ich husteten noch, da war der erste Teil auch schon vorbei, und Deutsch/Stauffenberg durfte seine beiden Knappen höchstpersönlich zu Rittern schlagen.

Im zweiten Teil des Spektakels ging nun richtig die Post ab. Alle Ritter trugen jetzt volles Ornat, das heißt Helm und Harnisch, und auch die Pferde waren teilweise gepanzert. Durch das Mehrgewicht büßten Tiere wie Akteure etwas an Schwung ein, aber bei dieser Disziplin war weniger Tempo als vielmehr Präzision gefragt, um den Gegner mit einem gezielten Lanzenstoß vom Gaul zu befördern. Natürlich waren die Lanzen nur aus Holz, und wenn sie auf die Schilde trafen, brachen sie weg. War einer der beiden Akteure stuntreif im Dreck gelandet, stieg der andere ebenfalls vom Pferd, und die Hauerei wurde mit Schwertern, Streitäxten oder Morgensternen fortgesetzt.

Fréjus und Stauffenberg besiegten ihre jeweiligen Gegner nach Belieben. Fréjus allerdings unter Zuhilfenahme allerlei fauler Tricks und Unsportlichkeiten. Unter lautem Buhrufen und Pfeifen des Publikums ritt er seine zuvor gestürzten Gegner einfach über den Haufen, attackierte sie hinterrücks oder ließ ihnen keine Zeit, ihre Waffen wieder aufzunehmen. So kam es wie in der Bundesliga: Fréjus wurde vom Turnier ausgeschlossen und mußte den Platz verlassen. Das tat er auch, erwies sich jedoch als wahrer Effenberg des Turniers, denn während seines Abgangs pöbelte er ordentlich herum.

Mit fortschreitender Zeit wurde die folterharte Sitzbank nicht weicher und mein Bierdurst um nichts kleiner. Ich war daher froh, daß Stauffenberg seine noch verbliebenen Gegner geradezu im Schnelldurchgang von den Pferden putzte und sich ein rasches Ende der Geschichte abzeichnete. Aber die Vorstellung war längst noch nicht vorbei.

Fréjus hatte nämlich seinen Anhang mobilisiert, und der stürmte nun den Platz und zettelte eine Massenschlägerei mit den gegnerischen Landsknechten an. Überrascht von so viel Frechheit und Heimtücke mußte sich Stauffenbergs Anhängerschaft bald geschlagen geben. Das war der Moment, auf den Fréjus gewartet hatte: Angetan mit Helm und Harnisch ritt er erneut auf den Platz und forderte Stauffenberg zum Duell, und – surprise – der ließ sich wahrhaftig darauf ein.

»Jetzt kommt das Finale«, raunte Gina mir zu und war so aufgeregt wie eine Vierjährige im Kasperletheater.

Der weiße und der schwarze Ritter, der Gute und der Böse, Stauffenberg und Fréjus, nahmen Aufstellung zum alles entscheidenden Kampf. Stauffenberg direkt vor unserer Tribüne, Fréjus am anderen Ende des Platzes. Für einen Moment herrschte atemlose Stille, die nur vom Schnauben der Pferde gestört wurde. Dann folgte ein Trommelwirbel, der sich durch unseren defekten Lautsprecher wie ein Platzregen anhörte, und die Posaunen gaben das Signal. Ein letztes Hufscharren – Stauffenbergs Pferd hob noch einmal den Schweif und ließ einen Apfel fallen – und los ging's.

Obwohl ich wußte, daß der Ablauf der Ereignisse feststand und daß es sich nur um eine vortrefflich einstudierte Inszenierung handelte, konnte ich mich doch der Dramatik des Augenblicks nicht völlig entziehen. Wie die beiden aufeinanderzustürmten, das hatte schon was von High noon at it's best.

Sechs, höchstens sieben Pferdelängen trennten die beiden Recken noch. Die Lanzen senkten sich. Noch vier Längen, noch drei, noch zwei – und dann krachte es.

Das erste, was mich irritierte, war, daß Fréjus sein Pferd nach dem Anprall nicht zügelte, um absteigen zu können, sondern ihm im Gegenteil die Sporen gab. Im wilden Galopp kam er auf uns zu, schoß seitlich an der Tribüne vorbei und ritt über die hinter uns liegenden Wiesen davon. Ich sah noch, wie er über einen Zaun setzte, dann verschluckte ihn die Nacht. Zur gleichen Zeit fingen die Leute an zu schreien. Als ich wieder nach vorne blickte, sah ich auch, warum.

Fréjus' Lanze hatte Deutsch in Höhe des Solarplexus durchbohrt, und jetzt steckte er darauf wie ein Stück durchwachsener Speck auf einem Schaschlikspieß. Er war vom Pferd gestürzt, wobei er seinen Helm verloren hatte, aber es war ihm gelungen, sich hinzuknien, und jetzt versuchte er aufzustehen. Auf die Beine zu kommen mißlang ihm, er sank zurück. Dann drehte er seinen Kopf in unsere Richtung und öffnete den Mund, als wolle er schreien. Aber es kam nur ein Schwall Blut.

Das war der Moment, in dem Gina die Besinnung verlor.

Kapitel 7

Juni 1997
Bad Münstereifel

Den Golf stellten wir auf P10 außerhalb der Stadtmauer ab, weil Gina meinte, das Geschäft liege direkt am Orchheimer Tor, und da lohne es nicht, in die Stadt hineinzufahren. Als wir durch das Stadttor gingen, staunte ich nicht schlecht. So putzig hatte ich mir den Ort nicht vorgestellt. Aber mehr als die eine Straße bekam ich nicht zu sehen, denn Deutschs Bioladen befand sich gleich im dritten Haus zur Rechten. Auf einem Zettel an der Ladentür stand mit blauem Wachsmalstift geschrieben: »Wegen Trauerfall geschlossen«.

»Das war bestimmt die Verkäuferin«, sagte Gina. »Die Frau Lingscheid. Die ist 'ne ganz treue Seele.«

»Hat er da oben gewohnt?« fragte ich, weil sie zu den Fenstern über dem Laden hochblickte.

Sie nickte, biß sich auf die Unterlippe und wandte das Gesicht ab. Deutsch war vor gerade mal sechsunddreißig Stunden ermordet worden, und ich war mir nicht sicher, ob Gina den Schock wirklich schon weggesteckt hatte oder nur die Eiserne spielte. Jedenfalls hatte sie ihr schwarzes Kostüm aus dem Schrank genommen und darauf bestanden, daß wir nach Bad Münstereifel fuhren, um in Geschäft und Wohnung nach dem rechten zu sehen. Jakob Deutsch, Josefs Bruder, wollte dazukommen.

»Was hast du mit seinem Bruder ausgemacht? Daß wir vor dem Haus warten?«

»Nein, nein, wir gehen rein.« Sie straffte ihre Schultern, atmete einmal durch und sperrte die Tür neben dem Laden auf. »Paß auf, hier wird's ein bißchen eng. Im Treppenhaus stehen immer die Getränkekisten.«

Um mich an den bis unter die Decke gestapelten Bierkisten voll Pinkus Müller und Bioland-Herzogenweizen sowie den Kartons mit Ahr-Spätburgunder und französischem Roten nach den Richtlinien von Nature et Progrès vorbeizwängen zu können, mußte ich den Bauch bis kurz vor die Wirbelsäule einziehen. Wie gut, daß ich nicht gefrühstückt hatte, ich wäre glatt steckengeblieben.

Die Treppe war aus Holz und ächzte und knarrte bereits unter Ginas zarter Last. Als ich auch noch auf die Stufen trat, wurde jede Unterhaltung unmöglich.

Im ersten Stock angekommen, hatte Gina Probleme mit dem Schloß der Wohnungstür.

»Was ist?« fragte ich.

»Der Schlüssel paßt nicht.«

»Du wirst den falschen erwischt haben.«

»Ich habe diese Tür hundertmal aufgeschlossen, da werde ich den Schlüssel wohl kennen.« Sie ging in die Hocke. »Das gibt's doch nicht. Guck dir das an, Tom: irgendwer hat hier ein anderes Schloß eingebaut.«

»Da kommt ja nur der Bruder in Frage«, sagte ich und kippte in den Flur, weil plötzlich die Tür aufging.

Einen Sturz konnte ich vermeiden, indem ich mich an der Frau festhielt, die geöffnet hatte. Dabei rutschten meine Hände von ihren nassen Schultern ab, und um Haaresbreite hätte ich ihr das Badetuch runtergerissen.

»Was ist denn das für 'ne Nummer?« fuhr sie mich an. »Wer sind Sie?«

Die Frau hatte struppiges rötliches Haar, jede Menge Sommersprossen und lapislazuliblaue Augen. Ich schätzte sie auf Mitte zwanzig.

»Tut mir leid«, sagte ich und schaute lieb. »Aber Sie haben derart –«

»Und wer sind Sie?« fragte Gina dazwischen.

»Ich bin Beate. Ich arbeite unten im Shop. Was läuft hier ab?«

»Wo ist Frau Lingscheid?«

»Bei mir in der Wanne sitzt sie nicht«, kam die schnippische Antwort. »Dürfte ich jetzt vielleicht erfahren, wer Sie –«

Ich sah förmlich, wie bei ihr der Groschen fiel.

»Ach du liebe Güte! Entschuldigen Sie. Sie sind Frau Echternach, stimmt's? Kommen Sie doch erst mal rein.«

Sie ließ uns vorbei, entschuldigte sich erneut und verschwand im Bad. Ich folgte Gina ins Wohnzimmer.

Für meine Begriffe war Deutsch geschmackvoll eingerichtet. Geölter Dielenboden ohne Teppiche, auf Vordermann gebrachte alte Bauernmöbel, ein Schilfsofa, zwei Rattansessel, Drucke von alten Flugzeugen und Motorrädern und mehrere gerahmte Fotos ein und desselben Pferdes. Dazu der übliche Audio-Video-Kram. Bei den Vorhängen, der Tapete, den Polstern und der Tischdecke dominierten Gelb-, Beige- und Brauntöne. Gardinen gab es keine. Obwohl Gina die Einrichtung vertraut sein mußte, schnüffelte sie in allen Ecken. Plötzlich verschwand sie im Nebenraum.

»Sie wohnt hier«, rief sie und kam mit einem Negligé in der Hand zurück. »Sie schläft in seinem Bett.«

»Gina, bitte«, sagte ich und drückte sie aufs Sofa. »Vielleicht gibt es dafür eine ganz vernünftige Erklärung.«

Beate kam herein. »Die gibt es auch.«

Ihre Haare waren noch immer feucht, aber sie hatte Jeans und ein Sweatshirt übergezogen. Die Arme verschränkte sie vor der Brust, als friere sie.

»Dann bitte«, sagte Gina.

»Ich habe vor zwei Monaten Frau Lingscheids Job übernommen, und eine Woche später bin ich hier eingezogen.« Anders als eben an der Wohnungstür sprach sie jetzt abgehackt, atmete an den falschen Stellen und machte roboterhafte Gesten. »Er ... Josef wollte es Ihnen so bald wie möglich sagen. Wäre es nach mir gegangen, ich hätte es Ihnen schon lange gesagt, aber er ... er meinte ... wir sollten ...«

»Was meinte er?«

»Na ja, wir sollten noch etwas warten. Er wollte Sie nicht verletzen. Er wollte es Ihnen schonend beibringen. Weil sie beide doch so lange ...«

Gina blickte sich um. Ich behielt sie gut im Auge, denn ich befürchtete einen Ausbruch. Aber sie machte nur die Geste für bescheuert und sagte: »Wissen Sie, daß ich alle diese Möbel ausgesucht habe? Das ist meine Einrichtung, das ist mein Stil. Und was macht Josef? Er läßt das Türschloß auswechseln, damit ich nicht hereinplatzen kann, wenn Sie beide ... wenn Sie und er ...«

Beate sah zu Boden.

»Ist es nicht so?« rief Gina.

»Ja, ja, ja!« schrie Beate und heulte los. »Und jetzt ist er tot und gehört weder Ihnen noch mir. Um den Krempel hier brauchen Sie sich keine Sorgen zu machen, den mache ich Ihnen bestimmt nicht streitig. Morgen früh bin ich sowieso weg.«

»Oh, mein Gott!« schluchzte Gina, stand auf und ging zu Beate. »Oh, mein Gott!«

Sie nahmen sich gegenseitig in den Arm und heulten ihren Schmerz heraus. Gina war etwas größer und trug auch noch Schuhe, Beate war barfuß. Um trotzdem an Ginas Schulter weinen zu können, stand sie auf den Zehenspitzen. Ich drehte mich weg und blickte aus dem Fenster. Im Hinterhof stand eine verrostete alte Norton. Fehlte noch, daß die Frauen sahen, daß ich feuchte Augen hatte.

*

Die Zeile mit Herd, Spülmaschine und Kühlschrank war durchgehend aus Edelstahl und sah aus wie aus dem Vollen gefräst. Dafür war an den Stühlen gespart worden, die waren nämlich schreiend unbequem. Dazu kam, daß der Kaffee schmeckte, als sei in der Kanne zuvor Pfefferminztee gekocht worden. Da halfen aller Zucker und alle Sahne nichts. Gina und Beate schien weder das eine noch das andere zu stören, wenn sie es überhaupt bemerkten.

»Josef sagte, es könne nichts passieren, die Lanzen seien aus Holz und hätten Sollbruchstellen.«

Beate hatte ihr rechtes Bein über das linke geschlagen und zusätzlich den Fuß hinter die Wade geklemmt. Das sah wenig sattelfest aus. Dafür hielt sie sich mit beiden Händen an ihrer Tasse fest. »Ich versteh das alles nicht.«

»Es war keine Holzlanze«, sagte Gina, die auf dem Küchentisch mit dem Nagel ihres Zeigefingers Kandisfarinkrümel zusammenschob. »Die Lanze war aus Stahl.«

»Stahl? Wie kann das denn sein? Überprüft das denn niemand?«

»Es war kein Unfall«, sagte ich. »Hat die Kripo Ihnen nicht gesagt, daß er ermordet wurde?«

»Ermordet?« Beate war fassungslos. »Die Polizisten sagten nur, er sei tot. Sie haben weder von Unfall noch von Mord geredet. Ich dachte, es müsse ein Unfall gewesen sein. Wieso Mord? Wer sollte Josef umbringen wollen? Sind Sie sicher?«

Ich nickte.

»Es ist eindeutig. Dieser englische Stunt-Reiter, der den schwarzen Ritter gemimt hat, wurde vor seinem letzten Auftritt niedergeschlagen, so daß der Mörder sich sein Kostüm nehmen und die Lanzen austauschen konnte.«

»Das hätte doch jemand merken müssen!«

»Hat aber keiner. Bei den Pferdeställen waren Zelte aufgebaut, in denen die Reiter sich umziehen und ihre persönlichen Sachen ablegen konnten. Zwischen seinem inszenierten Ausschluß aus dem Turnier und seinem letzten Auftritt hatte der Engländer fast zehn Minuten Pause. In der Zeit muß es passiert sein. Sie haben ihn mit 'ner dicken Beule am Kopf zwischen den Zelten gefunden.«

»Als der Mörder auf den Platz geritten kam, hatte er sein Visier schon runtergeklappt«, sagte Gina. »Niemand hat gemerkt, daß unter dem Helm ein anderer als der Engländer steckte.«

Beate zog die Stirn kraus. »Dann muß er sich doch supergut ausgekannt haben. Der mußte doch wissen, wie das Programm abläuft und alles.«

»Und er ist ein exzellenter Reiter«, sagte ich. »Außerdem kann er mit 'ner Lanze umgehen und muß kräftig sein. Diese Stahllanzen haben ein sattes Gewicht.«

»Es kann doch nicht so viele Leute geben, die all das beherrschen. Den müssen die Bullen doch ruck-zuck schnappen.«

»Im Augenblick sucht die Kripo nach einem Motiv. Hat man Sie nicht gefragt, ob Josef Feinde hatte?«

»Kann sein, ich weiß es nicht. Ich war völlig hysterisch und hab bloß geheult. Den beiden war ich keine große Hilfe.«

»Dann kommen sie wieder«, sagte ich. »Als Sie die Sahne aus

dem Kühlschrank genommen haben, hab ich da 'n Bier gesehen. Kann ich das haben?«

»Sicher. Ich trink kein Bier.«

Ich hatte mit einem vorwurfsvollen Blick von Gina gerechnet, aber er blieb aus. Das Bier war ein Pinkus und lief prächtig. Am besten war jedoch, daß es nicht nach Pfefferminz schmeckte.

»Bleiben Sie doch erst mal hier wohnen«, sagte Gina und fegte alle Krümel, die sie zuvor mühsam zusammengeschoben hatte, wieder auseinander. »Bis alles geklärt ist. Sie haben doch hier auch Ihre Arbeit.«

Weil Beate darauf nichts entgegnete, fragte Gina: »Was halten Sie davon?«

»Arbeit hatte ich«, sagte Beate schleppend. »Am Samstag hab ich gekündigt.«

Das überraschte sowohl Gina als auch mich. Verblüfft nahmen wir Blickkontakt auf, aber eine weitere Verständigung kam nicht zustande, weil es läutete. Da ich den kürzesten Weg hatte, ging ich.

Der Anblick des Mannes vor der Tür haute mich fast aus den Hush-Puppies – Josef Deutsch war auferstanden. Größe, Statur und Haltung, einfach alles stimmte.

Auf den zweiten Blick entdeckte ich dann die Kleinigkeiten, die den Unterschied machten. Die Haare waren einen Schnitt kürzer, und der Bart war sauber gestutzt. Die Brauen waren buschiger, zudem war die über dem rechten Auge von einer Narbe zweigeteilt. Dazu kamen ein goldener Ring im linken Ohr und schwacher Zigarillogeruch. Und der Mann steckte von Kopf bis Fuß in schwarzen Designerklamotten. Ich bezweifelte, daß Josef Deutsch so etwas getragen hätte.

»Ich sehe, man hat versäumt, Ihnen mitzuteilen, daß Josef und ich aus demselben Ei geschlüpft sind.« Sogar die Stimme war die gleiche. Er streckte seine Hand aus. »Sagen Sie einfach Jakob zu mir.«

Kapitel 8

Jakob begrüßte beide Frauen – Gina zuerst – mit Wangenküssen und Umarmungen. Allen kamen die Tränen. Da es in der Küche nur drei Stühle gab, wechselten wir zurück ins Wohnzimmer.

Gina und Beate nahmen das Sofa, ich setzte mich in den Sessel neben dem Sony-Turm und ließ meine Finger über die gestapelten CDs laufen. Fast ausschließlich Jazz. Wenn ich mich nicht irrte, entsprach auch das Ginas Geschmack. Jakob suchte unterdessen im Schrank nach dem Testament seines Bruders. Ein halbes Dutzend Aktenordner hatte er schon durchkämmt.

»Nichts«, sagte er. »Weißt du denn nicht, wo er seine Sachen aufbewahrt hat?«

Die Frage galt Beate. Sie schüttelte den Kopf.

»Bist du sicher, daß er überhaupt eins gemacht hat?« fragte Gina. »Schließlich ist doch alles klar.«

»Was ist klar?«

»Du bist sein einziger Verwandter und damit Alleinerbe.«

»Und wenn er für euch beide auch was verfügt hat?«

»Dann haben wir eben Pech gehabt«, sagte Beate und stand auf. »Ich muß hier raus. Mir ist das alles zu geschäftsmäßig.«

»Bei aller Pietät, solche Dinge müssen geregelt werden.« Jakob faßte sie am Arm. »Nun bleib schon hier.«

»Faß mich nicht an!« schrie sie und schlug nach ihm. Es fehlte nur, daß sie fauchte.

»Okay, okay«, sagte er und hob beschwichtigend die Hände. »Ganz ruhig, Mädchen. Vielleicht interessiert dich wenigstens, daß die Bullen das Pferd gefunden haben.«

»Wo?« fragte ich.

»Ich habe heute morgen mit diesem Kommissar – wie heißt er noch? – Emmelmann telefoniert. Der Gaul stand friedlich grasend auf dem Autobahnparkplatz Lessenich, angebunden an einen der Picknick-Tische. Auf dem Parkplatz muß der Mörder seinen Wagen abgestellt haben.«

»Oder er hat sich dort abholen lassen.«

»Dann wären ja mehrere Leute an der Tat beteiligt gewesen«, sagte Gina.

»Willst du das ausschließen?«

»Soweit ich das verstanden habe«, sagte Jakob, »geht die Kripo von einem einzelnen Täter aus.«

»War es das?« fragte Beate. »Ich ersticke hier drin.«

»Nehmen Sie mich mit?« fragte ich.

»Aber nur, wenn Sie nicht quatschen«, sagte sie.

*

Wir wandten uns nach rechts und schlenderten durch die Schlucht der Fachwerkhäuser vorbei am Geburtshaus des Barockmalers Chrysanth Bollenrath. Ein Stück weiter erinnerte ein hüfthoher, bronzener Stein mit einem siebenarmigen Leuchter daran, daß sich dort bis 1938 die Synagoge der jüdischen Gemeinde befunden hatte. Dann endete die Orchheimer Straße, und wir befanden uns auf dem Markt, wo ein hölzerner St. Johannes in seinem Heiligenhäuschen schwer am Kreuz trug. Gnädigerweise spendeten ihm die Sonnenschirme des benachbarten Cafés etwas Schatten.

Rechts erhob sich, 1625-1727 von Jesuiten erbaut, ockergelb das städtische Gymnasium St. Michael. Hier stießen wir auch zum ersten Mal auf die Erft. Der Markt ging über in die Werther Straße mit dem Hotel Witten, das 1525 als Burg erbaut worden war. Weiter flußabwärts folgten das Apothekenmuseum sowie kurioserweise ein Briefkasten und eine Telefonzelle aus Großbritannien.

Sightseeing-Informationen, die ich mir mit Hilfe von Straßen- und Namensschildern, Gedenktafeln und Inschriften selbst beschaffte, denn Beate sagte keinen Ton.

Ich geriet daher prompt ins Stolpern, als sie unvermittelt fragte: »Trinken Sie einen Grappa mit mir?«

Fragend hob ich die Brauen und zeigte auf die Stühle, die vor dem Ristorante Pinocchio auf der Straße standen. Zum ersten Mal, seit wir uns vor zwei Stunden kennengelernt hatten, schmunzelte sie.

»Sie brauchen nicht auf Pantomime zu machen«, sagte sie. »So kategorisch war das vorhin nicht gemeint.«

Sie wählte ihren Platz so, daß mir die Sonne ins Gesicht schien. Zum Schutz meiner Spanielaugen hakte ich mir die Ray-Ban-Raubkopie hinter die Ohren, während sie bei einem umsatzschädigend mageren Kellner zwei Grappa und zwei Espresso orderte.

Die Getränke kamen, wir zuckerten und rührten ein Weilchen, und dann sagte sie: »Nun fragen Sie schon.«

Ich roch am Grappa. »Sie haben einen leichten Berliner Akzent. Sind Sie Berlinerin?«

»Gott bewahre, ich bin von hier. Ich hab nur drei Jahre in Berlin gelebt und eine Ausbildung als Visagistin gemacht. Da gewöhnt man sich so was an, um einheimisch zu wirken. Eigentlich hatte ich aber mit einer ganz anderen Frage gerechnet.«

»Die kann ich natürlich auch stellen«, sagte ich. »Warum haben Sie gekündigt?«

»Weil wir uns an dem Tag tierisch gestritten haben. Viel fehlte nicht, und wir wären aufeinander losgegangen.«

»Worum ging's?«

Sie sah mich nicht an, sondern schaute zur Seite, wo hinter dem Mäuerchen die Erft gurgelte. »Vordergründig drehte sich der Streit um die Frage, ob er mich mit nach Satzvey nehmen würde oder nicht. In Wirklichkeit ging es darum, daß ich nicht länger seine Undergroundgeliebte sein wollte. Ich wollte, daß er sich endlich öffentlich zu mir bekennt.«

»Ziemlich albern, Sie haben doch zusammen gewohnt. So eine Liaison läßt sich vielleicht vor Freunden und Bekannten verheimlichen, nicht aber vor den Nachbarn.«

»Oh, da unterschätzen Sie aber Josefs taktisches Geschick. Sie werden in der ganzen Stadt niemanden finden, der uns das Haus gemeinsam betreten oder verlassen gesehen hat. Mein Name steht nicht auf dem Briefkasten oder auf dem Klingelschild. Und am Telefon mußte ich mich mit ›Hier bei …‹ melden.«

»Was ist mit Frau Lingscheid? Die hat er doch Ihretwegen rausgeschmissen.«

»Das stimmt so nicht. Sie hat von heute auf morgen mehr Geld verlangt, viel mehr, als Josef ihr zahlen konnte. Und auch mehr, als sie wert war. Sie hatte wohl darauf gesetzt, daß sie unersetzlich sei. Aber damit hatte sie sich überreizt.«

Im Gegensatz zu mir hatte Beate ihren Grappa nicht gekippt, sondern in kleinen Schlucken getrunken. Aber nun war auch ihr Glas leer.

»Noch einen?« fragte ich.

»Für mich nicht. Aber ich nehm noch einen Espresso.«

Nachdem ich den Nachschub bestellt hatte, fragte ich: »Sie waren also weniger geldgierig und mit dem normalen Tariflohn zufrieden?«

»Tarif, was ist das? Wir hatten einen Betrag vereinbart, aber auch den mußte er mir schuldig bleiben. Ich hab das nicht so eng gesehen.« Ihr liefen die Tränen. »Ich wollte den Mann, nicht den Job.«

Ich half ihr mit einem Papiertaschentuch aus und wartete, bis sie sich gefangen hatte. »Sie sagten ›schuldig bleiben mußte‹. War er in wirtschaftlichen Schwierigkeiten?«

»Na ja, Genaues hat er mir nie gesagt, aber so war es wohl. Der Umsatz war zwar ganz ordentlich, aber trotzdem hat es vorne und hinten nicht gereicht. Und das schon seit geraumer Zeit. In der Situation kommt dann die Lingscheid und fordert doppelten Lohn.«

Die Sonne verschwand, und ich setzte die Brille ab. Gina hatte Frau Lingscheid als treue Seele bezeichnet. Irgendwie paßten die zwei Charakterisierungen nicht zusammen.

»Sie sind 'n Bulle, stimmt's?« fragte Beate plötzlich.

»Es gibt auch andere Leute, die 'n Haufen Fragen stellen.«

»Ich seh's an Ihren Augen. Mein Vater war auch Polizist. Ihr Bullen habt alle die gleichen Augen.«

»Ich bin kein Bulle mehr«, sagte ich. »Vor vier Wochen bin ich ausgestiegen.«

»Zu spät«, sagte sie. »Die Augen werden Sie nicht mehr los.«

Kapitel 9

»Sitzt er auf dem Klo?« fragte ich, weil ich Jakob nirgendwo entdecken konnte.

»Er hat einen Termin«, sagte Gina, die auf Strümpfen an die Tür gekommen war. »Wir treffen uns noch mal um fünf bei ihm auf dem Hof.«

Auf dem Couchtisch stand eine mit Wasser gefüllte Schüssel, in der ein Waschlappen dümpelte. Gina setzte sich aufs Sofa, wrang den Lappen aus, drückte ihn gegen ihre Stirn und legte sich lang.

»Migräne?«

»Auch. Aber vor allem fühl ich mich so – schlapp – leer – ausgebrannt.«

»Bei aller Tristesse – du hast seit Samstag so gut wie nichts gegessen.« Sie machte Platz, damit ich mich an ihre Seite setzen konnte. »Wie wäre es mit 'nem Salat und 'n paar Nudeln? Unten im Dorf gibt's 'nen Italiener, der hat so was im Angebot.«

»Vielleicht später.« Gina tastete nach meiner Hand. Ich überließ sie ihr. »Ich weiß gar nicht, wie ich den gestrigen Tag ohne dich durchgestanden hätte. Du bist ein guter Tröster.«

»Da mußt du was geträumt haben. Ich hab dich nicht getröstet.«

»Aber du warst da. Das zu wissen hat mir gut getan.« Gina drehte den Kopf zur Tür. »Wo ist eigentlich Beate?«

»Sie wollte allein sein und ist spazierengegangen. Sie hat was von 'nem dicken Antonius erzählt.«

»Dann hat sie sich aber was vorgenommen. Die Kapelle ist oben am Knippberg.«

Ich guckte dumm.

»Richtung Effelsberg«, sagte sie.

»Das Teleskop?«

»Genau.«

Nachdem wir ein Weilchen geschwiegen hatten, sagte ich: »Du hast dich gut gehalten, Gina.«

Ihr Gesichtsausdruck zeigte eine Wehmut, die man auch als Schmerz hätte deuten können. »Ich habe so etwas geahnt, Tom. Natürlich nicht, daß er schon mit einer anderen zusammenlebte. Aber ich hab gespürt, daß er andere Wege ging. Wege ohne mich.«

Dazu fiel mir nichts ein.

»Ich hab es ja selbst provoziert. Es ist kein Vierteljahr her, da hab ich Josef gesagt, ich will ein Kind, und zwar bevor ich vierzig bin.«

»Wie hat er reagiert?«

»Er war schockiert.«

»Hatte er von dieser Möglichkeit noch nie gehört?«

Gina blickte an mir vorbei in Richtung Fenster und ließ meine Hand los. Das war mir recht, denn das Pfötchen wurde langsam warm.

»Was glaubst du, warum wir elf Jahre lang verlobt waren?« fragte sie wieder mit dieser Kombimiene aus Wehmut und Schmerz. »Warum wir in all den Jahren nicht einmal zusammen in Urlaub gefahren sind? Von einer gemeinsamen Wohnung will ich ja gar nicht reden. Auch nicht davon, wie oft wir uns gesehen haben. Im Schnitt vielleicht zweimal pro Monat.«

»Es soll Leute geben, bei denen so was funktioniert.«

»Das hat es bei uns ja auch. Bis zu einem gewissen Punkt.«

Ich stand auf und betrachtete die gerahmten Fotos. Sie zeigten eines dieser Pferde, die ich mochte. Hellbraunes Fell und eine lange, gelbblonde Mähne. Sein Blick war der eines Draufgängers.

»Das war Bobby«, sagte Gina. »Er ist vor zwei Jahren gestorben. Josef hat dermaßen an dem Tier gehangen, daß ich Angst hatte, er schnappt über. Früher hatten die Fotos sogar einen Trauerflor. Ich hab ihn überredet, den abzumachen.«

»Wie alt werden Pferde eigentlich?«

»Bobby war nicht alt, keine zehn Jahre. Er ist einem Pferderipper zum Opfer gefallen.«

»Ach du Scheiße, gibt's das hier auch?«

»Hier gibt es alles außer Sandstrand.«

Ich lehnte mich mit dem Hintern gegen die Anrichte. Das Möbel hatte genau die richtige Höhe und eine abgerundete Vorderkante. Sehr bequem.

»Der Bruder scheint aber aus 'nem anderen Holz zu sein. Er hat nicht zufällig 'ne Werbeagentur?«

Gina schmunzelte. »Jakob hat den elterlichen Hof übernommen.«

»Ein Landwirt im Designeranzug? Dann zieht er seinen Pflug wohl mit 'nem BMW Cabrio?«

Jetzt lachte sie sogar. Es tat gut, sie so zu sehen. »Das nicht gerade, aber er führt den Hof wie ein Unternehmen. Und ganz nebenbei ist er noch der Geschäftsführer der ÖEE.«

»Hilf mir auf die Sprünge: Österreichische Elektro-«

»Ausgeschrieben heißt das: Ökologische Erzeugergenossenschaft Eifel. Eine Kooperative ökologisch wirtschaftender Bauern.« Gina warf den Waschlappen in die Schüssel und setzte sich auf. Dabei rutschte ihr Rock fünf Zentimeter höher. »Josef hat seinen Bruder immer als Öko-Manager bezeichnet. Laptop und Handy seien für ihn wichtiger als Traktor und Mähdrescher.«

»Ich dachte, das schließt sich aus.«

»Es soll grüne Politiker geben, die Ferienhäuser in der Toskana besitzen.«

»Solange sie die nicht mit Atomstrom heizen, von mir aus«, sagte ich. »Ich versteh nur nicht, warum Jakob seinem Bruder nicht aus der Klemme geholfen hat, wenn er so ein Tausendsassa ist. Das wäre für ihn doch wohl ein Kinderspiel gewesen.«

»Wovon redest du?«

Ich berichtete, was Beate mir über Josefs angebliche finanzielle Schwierigkeiten erzählt hatte. Für Gina war das völlig neu.

»Sicher, anfangs hatte Josef Probleme«, sagte sie. »Das war, bevor Jakob ihm sein Erbteil ausbezahlte. Aber das ist ewig her. Seitdem lief der Laden gut.«

»Wohnt die ehemalige Verkäuferin, diese Frau Lingscheid, hier im Ort?«

»Keine fünf Minuten von hier. Warum?«

»Ich würd ihr gerne 'n paar Fragen stellen.«

»Verfolgst du eine Spur?«

»Nein«, sagte ich. »Ich möchte mich bloß von Irritationen befreien.«

*

Das Haus war lila gestrichen, trug die Nummer 18 und lag in der Straße, die zur Burg führte. Gina klingelte. Auch noch ein zweites und ein drittes Mal, aber niemand schien zu Hause zu sein. Als wir wieder abrücken wollten, wurde doch noch geöffnet. Jetzt wußte ich auch, warum eine Bank vor dem Haus stand. Bei den Wartezeiten.

»Entschuldigen Sie«, sagte die Frau und trocknete sich die Hände an der Schürze ab. »Ich bin gerade beim Wäscheaufhängen.«

Sie mochte Ende fünfzig sein und war glückselig. Nicht daß sie einen Joint oder eine Flasche Bourbon geschwenkt hätte und auf einem Bein herumgetanzt wäre. Ihr Gesicht strahlte einfach die tiefe Zufriedenheit eines Menschen aus, der sein Glück außerhalb der irdischen Sphären gefunden hat. Eine Verzückung, die auch dann nicht verlorenging, als sie Gina erkannte und ihr Blick mitfühlend wurde. Ansonsten war sie eher klein als groß, eher dick als dünn, hatte streichholzkurzes mausgraues Haar und war abgesehen von der Allerweltsschürze mit abgeschnittenen Jeans, Batik-T-Shirt, Lederweste und Hanfsandalen wie eine ganz normale Hippie-Oma gekleidet.

Gina stellte mich als Cousin vor, und die Lingscheid führte uns in eine Küche, deren technische Ausstattung noch aus der Zeit stammte, als Erhardt die Volksaktie propagiert hatte. Schrank, Eckbank. Tisch und Stühle waren offenbar bei verschiedenen Haushaltsauflösungen erstanden worden. Den unteren Teil des Schrankes zierte ein naives Gemälde. Dörfliches Leben rund um den Löschteich. Auf den Fensterbänken drängten sich Grünpflanzen.

Die Fakten kannte die Lingscheid aus der Zeitung. Was nicht dringestanden hatte, insbesondere Ginas Befindlichkeit, erfragte sie behutsam. Ich saß dabei, kaute Zahnstocher und streichelte einen Farn. Schließlich kam Gina auf die Kündigung zu sprechen.

»Ich war völlig überrascht, als ich hörte, daß Sie schon seit zwei Monaten nicht mehr im Geschäft arbeiten. Josef hatte mir davon nichts erzählt.«

»Vielleicht, weil er nicht wollte, daß Sie von seinen Schwierigkeiten erfuhren«, sagte die Lingscheid. Sie sprach langsam und ohne größere Betonung. »Er konnte mich nicht mehr bezahlen.«

»Ich hab gehört, er hätte Sie entlassen, nachdem Sie eine satte Lohnerhöhung gefordert hatten«, sagte ich.

»Das hat Ihnen sicher die kleine Nelles erzählt. So hat Josef ihr nämlich meine Kündigung begründet, weil er nicht zugeben wollte, daß ihm das Wasser bis zum Hals stand.«

»Haben Sie sich gegen diese Verleumdung nicht zur Wehr gesetzt?«

»Mir ist ziemlich gleichgültig, was man über mich redet. Außerdem trete ich nicht auf jemanden, der am Boden liegt.«

»Stand es so schlimm um den Laden?« fragte Gina.

»Er war so gut wie bankrott«, sagte die Lingscheid. »Zuletzt soll es sich nur noch um Tage gehandelt haben, bis ihm die Bank den Hahn zugedreht hätte.«

»Also doch«, murmelte Gina.

»Woher wollen Sie das wissen?« fragte ich.

»Kommen Sie aus der Großstadt?« fragte die Lingscheid.

Ich nickte.

»Münstereifel ist – sagen wir mal wohlwollend – eine Kleinstadt. Wenn heute einer frisch tapeziert, erfahre ich das morgen, ohne mich danach erkundigt zu haben.«

»Trotz ärztlicher Schweigepflicht, Bank- und Beichtgeheimnis?«

»Alles was darunter fällt, erfahre ich noch am gleichen Tag.« Sie sah mir meine Skepsis an. »Zweifeln Sie daran?«

»So wie Sie aufgemacht sind, dachte ich, Sie gelten als schräge Alte und wären deshalb vom allgemeinen Informationsfluß abgeschnitten.«

»Ich töpfere hin und wieder. Zwar nur für den Hausgebrauch, aber damit gelte ich als Künstlerin und habe weitgehend Narrenfreiheit. Von Isolation kann keine Rede sein.«

Gina hakte noch einmal nach.

»Wissen Sie, woran es lag, daß der Laden nicht lief?«

Die Lingscheid wackelte mit dem Kopf. »Buchführung ist nicht mein Ding, liebe Frau Echternach. Ich weiß nur, daß es zum Jahresbeginn eine gewaltige Mieterhöhung gegeben hatte, und die nächste stand schon bevor.«

»Wie heißt noch die Vermieterin?«

»Else Trimborn. Sie wohnt –«

»Wo sie wohnt, weiß ich«, sagte Gina. »Vielen Dank, daß Sie sich die Zeit genommen haben.«

Die Lingscheid brachte uns noch zur Tür.

Unten an der Erft lehnte ich mich über die Mauer und starrte in den Bach. Ein einsamer Erpel paddelte herum und quakte nach Gesellschaft.

»Worüber denkst du nach?« fragte Gina.

»Darüber, daß uns diese Hippietante die Jacke vollgelogen hat. Und ich zu gerne wüßte, warum.«

»Wie kommst du denn darauf?«

»Instinkt«, sagte ich. »Bulleninstinkt.«

Kapitel 10

Engelgau

Hinter Roderath wurde die Straße zu einer schmalen gewundenen Allee, so schmal, daß sie ohne Mittelstrich auskommen mußte. Auf der welligen Fahrbahn begann der Golf zu tanzen, so daß ich vorsichtshalber vom Gas ging. Schon vor zwei Jahren hatte die Werkstatt irgendwas von Stoßdämpfern erzählt.

»Da drüben, hinter dem Hügel.« Gina zeigte nach links. »Die vier Windkraftanlagen, die gehören zu Jakobs Hof.«

Die Höhe der Türme konnte ich nicht schätzen, aber sie machten was her. Da wurde ordentlich Saft produziert. Im Augenblick allerdings nicht, denn alle vier Rotoren standen still.

So high-tech die Energieversorgung, so antiquiert mutete zunächst der Rest an. Nachdem wir ein schmiedeeisernes Tor von wahrhaft gutshöflichen Ausmaßen passiert hatten, dachte ich, wir seien auf einem Museumshof gelandet, es fehlte nur das Kassenhäuschen. Entlang der Piste reihten sich uralte Pflüge, Eggen, Heuwender, verschiedene Leiterwagen und ein Landauer aneinander. Mitten auf dem Hof, neben einem blumenverzierten Ziehbrunnen, parkte ein Lanz Bulldog mit mühlsteingroßer Schwungscheibe.

Das Wohnhaus war zweigeschossig und aus Natursteinen gebaut. Zur Haustür ging es vier Stufen hoch. Über der Tür hingen gekreuzt Sense und Harke, wie bei den Kavalleristen die Säbel über dem Kamin. Die Gegenwart entdeckte ich erst wieder, als ich einen Blick in die offenstehende Doppelgarage warf. Dort standen ein Mercedes Coupé und eines dieser seifenkistenartigen dänischen Elektromobile.

Der Hausherr öffnete selbst. »Schön, daß ihr da seid. Kommt rein.«

Überraschenderweise bestand das gesamte Erdgeschoß des Hauses aus einem einzigen Großraumbüro. Der Boden war durchgehend gefliest, die Möbel aus hellem Holz. Alles war sehr schlicht, sehr skandinavisch und zweifellos sehr teuer. Jeder Arbeitsplatz hatte mindestens einen Bildschirm. Jakob Deutsch führte uns zu einer Wendeltreppe. »Oben sind meine Privaträume«, sagte er und ließ Gina den Vortritt.

Die Decke zum Dachgeschoß war entfernt worden, und die Räume im ersten Stock wirkten wie kleine Kathedralen. In Sachen Einrichtung setzte sich hier fort, was wir unten gesehen hatten: schnörkelloser, kostspieliger Schick. Fast die gesamte Rückfront der Etage war verglast. In vielleicht hundert Metern Entfernung vom Haus entdeckte ich zwei riesige Hallen, deren Dächer mit Sonnenkollektoren gepflastert waren. Jede für sich hätte bequem als Hangar für einen kleinen Airbus gereicht. Jakob bemerkte mein Interesse.

»Unsere Lagerhäuser«, sagte er. »Die Kühlanlage ist auf dem neuesten Stand, absolut FCKW- und FCK-frei. Den benötigten Strom erzeugen wir ausschließlich per Photovoltaik und Windkraft. Hat uns fünf Millionen gekostet, der Spaß. Was darf ich euch zu trinken anbieten?«

Gina nahm einen Sherry, ich beschied mich mit einem Bier, weil ich noch fahren mußte. Jakob gönnte sich einen Kir Royal.

»Das sind Dimensionen, was?« Jakob nickte selbstzufrieden in Richtung Fenster. »Als ich den Hof vor fünf Jahren übernommen hab, wurde hier noch konventionelle Landwirtschaft betrieben. Von der ÖEE wagte damals noch niemand zu träumen.« Er machte ein kunstvolles Päuschen. »Außer mir.«

»Josef war doch auch dafür, auf ökologische Bewirtschaftung umzustellen«, sagte Gina.

»Ihm fehlten aber die Visionen. Er wollte dieses Klein-klein, das unsere Eltern ihr Leben lang praktiziert hatten, im Prinzip beibehalten. Nur eben umweltverträglich. Das war mir zuwenig.«

»Daß das 'n Ökohof ist, müssen Sie – pardon – mußt du aber dranschreiben.« Er hatte mir das Du angeboten, aber ich tat mich damit wie immer schwer. In der Beziehung bin ich überhaupt kein Rheinländer. »Oberflächlich betrachtet könnte es sich auch um ein x-beliebiges mittelständisches Industrieunternehmen handeln.«

»Zwei Sachen mußt du unterscheiden. Zum einen ist da der Hof, der für eine knappe halbe Million im Jahr gut ist. Zum anderen die ÖEE. Mit der setzen wir inzwischen jährlich fünfundzwanzig Millionen um.« Das sagte er in einem Ton, der nur zwei Reaktionen zuließ: entweder ein anerkennendes Kopfnicken oder demonstrative Gleichgültigkeit. Ich tat ihm den Gefallen und nickte. Dafür wiederholte er mir den Betrag noch einmal Buchstabe für Buchstabe. »F-ü-n-f-u-n-d-z-w-a-n-z-i-g M-i-l-l-i-o-n-e-n. Das ist bester Mittelstand, mein Lieber.«

»Gibt's trotzdem noch glückliche Hühner? Oder sind die ab 'nem gewissen Umsatz nicht mehr drin?«

»Oh doch, mehr denn je.« Sein Lächeln war jetzt so breit, als sei er auf Wahlkampftour. »Das ist eines unserer Markenzeichen und wird es auch bleiben. Nur reden wir heute von ganz anderen Größenordnungen. Wo früher ein Zettelkasten reichte, brauchen wir heute ein PC-Netzwerk. Die Zeiten sind vorbei, als die Leute mit selbstgestrickten müslibekleckerten Pullovern in durchgerosteten VW-Bussen zum Wochenmarkt gefahren sind, um auf einem Tapeziertisch zehn Eier und drei Kilo Möhren zu verkaufen. Ökologische Landwirtschaft spielt sich heute in völlig anderen Dimensionen ab. Unsere Branche verzeichnet bereits heute die zweitgrößte Wachstumsrate nach der Telekommunikation. Was wir Jahr für Jahr zulegen, ist gigantisch.«

Ich hatte wohl zweifelnd geguckt, denn er legte noch mal nach.

»Der Begriff Ökologie wird immer mehr zu einem Synonym für Qualität. Vergleichbar mit inzwischen abgewirtschafteten Begriffen wie ›Made in Germany‹, ›Wollsiegel‹ oder was weiß ich. Das erfordert natürlich auch eine andere Repräsentanz, und siehe da, die Leute haben kapiert. Sieh dir an, wie ein Thilo Bode von Greenpeace heute auftritt, oder eine Britta Steilmann oder ein Heinz Hess oder Politiker wie Fischer und Vesper. Die Uhr der verträumten zotteligen Steinzeitökos ist längst abgelaufen. Heutzutage sind Managerqualitäten gefragt, Tom. Und Visionen. Das Wissen darum, wohin die Reise geht.«

Jakob sog scharf Luft ein. Solange, bis er meinte, unsere volle Aufmerksamkeit zu haben. Dann sagte er: »In spätestens drei Jahren gehen wir an die Börse.«

»Wie die Telekom«, sagte ich.

So smart er war, Ironie war nicht sein Fach. »In der Tat ein gutes Beispiel, wie man einen Börsengang exzellent vorbereitet.«

»Konntest du in Erfahrung bringen, wann die Kripo Josefs Leichnam freigeben wird?« fragte Gina, und mir kam das in dem Moment vor, als piekse sie in eine riesige Seifenblase.

Für Jakob war das kein Problem. Er war einer von denen, die fix umschalten konnten. »Dafür ist die Staatsanwaltschaft zuständig, Gina. Gestern habe ich Josef zunächst einmal identifiziert. Ich denke, wir werden ihn nächste Woche beisetzen können. Ich ruf dich auf jeden Fall an, sobald ich Näheres weiß.«

»Kann ich ihn noch einmal sehen?«

»Ich würde es dir nicht empfehlen. Er wurde ja obduziert, weißt du, und ...«

»Schon gut. Hast du schon überlegt, wo er beerdigt werden soll?«

»In Münstereifel. Oder wolltest du ihn mit nach Kyllburg nehmen?«

»Nein, nein. Ich wollte es nur wissen.«

»Es sei denn ...«

»Was?«

»Es taucht doch noch ein Testament auf, in dem er zu dem Thema etwas verfügt hätte.«

»Das glaube ich nicht«, sagte Gina. »Da ist noch etwas, was ich dich unbedingt fragen muß, Jakob. Josef soll in großen finanziellen Schwierigkeiten gewesen sein. Wußtest du davon?«

»Das ist mir neu. Geldangelegenheiten waren aber auch nie ein Gesprächsthema für uns.«

»Halt mich jetzt bitte nicht für indiskret, aber hatte Josef noch etwas von dir zu kriegen? Ich meine aus der Erbschaft?«

»Liebste Gina, ich weiß natürlich, worauf du anspielst. Als ich das Erbe angetreten habe, war ich nicht flüssig, um Josef sofort auszahlen zu können. Das wurde aber bereits vor über einem Jahr geregelt.«

»Ich frage auch nur deshalb, weil ich mir nicht erklären kann, wieso Josef plötzlich vor dem Bankrott gestanden haben soll. Du mußt ihm doch eine erhebliche Summe gezahlt haben.«

»Allerdings«, sagte Jakob und zuckte die Schultern. »Tut mir leid, daß ich dir da nicht weiterhelfen kann.«

»Schon gut«, sagte Gina. »Können wir fahren, Tom?«

»Jederzeit«, sagte ich.

Als wir den Hof verließen, frischte es auf. Sofort begannen sich die Rotoren der WKAs zu drehen.

Kapitel 11

Kyllburg

»Er war gekommen, wie sie es sich gewünscht hatte«, las ich vor. »Rodrigo hatte schöne große Ohren und eine markante Schnauze und auch ein schönes Schwänzchen, wenn auch ungeringelt.«

An der Stelle mußte ich mich räuspern.

»Sie lagen nicht im Schloß, sondern im Laub unter einem dicken Dornengestrüpp. Aber ihr Herz sagte Gloria, daß das Schloß immer da sein würde, wo sie beide waren, sie und Rudi, den die Welt Rodrigo nannte.«

Ich klappte das Buch zu und hielt es Sophie hin. Als sie danach griff, zog ich es weg. Dann hielt ich es ihr wieder hin und zog es erneut weg, als sie die Hand ausstreckte. Beim vierten Mal ließ ich es ihr, und in dem Moment lächelte sie. Kaum länger als einen Wimpernschlag, aber ich war mir so sicher, daß ich einen Hunderter darauf gesetzt hätte. Sie hatte gelächelt!

»Herr Henschel!« Das war Frau Kalff, vom Küchenfenster aus. »Telefon!«

»Wer ist es denn?« rief ich.

»Eine junge Dame.«

»Nicht wegfahren«, sagte ich zu Sophie. »Ich bin gleich wieder zurück.«

Ich flitzte ins Haus. Als ich den Hörer ans Ohr heben wollte, rutschte er mir aus der Hand und krachte auf den Boden.

»Hallo«, sagte ich im zweiten Anlauf. »Wer auch immer Sie sind, ich hoffe, Sie haben jetzt keinen Hörschaden.«

»Ich saß früher im Jugendorchester als Oboistin direkt vor der

Pauke«, sagte Beate Nelles. »Mich kann diesbezüglich nichts mehr schocken.«

»Waren Sie beim dicken Anton, oder wie der Knabe heißt?«

»Daß Sie sich daran noch erinnern. Ich hab's nicht ganz geschafft, ich hatte die falschen Schuhe an. Jetzt hab ich als Souvenir eine Wasserblase an der Ferse.« Sie seufzte. »Aber deswegen ruf ich nicht an.«

Da sie eine Pause machte und es offenbar unbedingt hören wollte, fragte ich: »Weswegen dann?«

»Können Sie herkommen?«

»Montag ist die Beisetzung. Dann sind wir sowieso da.«

»Geht es nicht heute? Hier gibt's massive Probleme.«

»Verraten Sie mir Näheres?«

Sie seufzte schon wieder. »Frau Trimborn, die Vermieterin, war heute morgen hier und hat einen absolut irren Auftritt hingelegt. Die war so außer sich, daß ich dachte, sie kriegt 'nen Herzschlag.«

»Hatten Sie vergessen, die Haustür abzuschließen?«

»Quatsch.« Sie druckste herum. »Ich kann Ihnen das am Telefon so schlecht sagen.«

»'n bißchen was müssen Sie schon rauslassen«, sagte ich. »Ohne stichhaltigen Grund setz ich mich nicht ins Auto und fahr 'ne Stunde durch die Pampa.«

»Na gut.« Das war der dritte Seufzer. »Es gibt anscheinend Gerüchte, Frau Trimborn habe Josef mit ihren Mieterhöhungen in den Tod getrieben. Und mich verdächtigt sie, diesen Mist in die Welt gesetzt zu haben.«

Die Geschichte hatte ich doch schon mal gehört.

»Okay«, sagte ich. »Schließen Sie Fenster und Türen und öffnen Sie niemandem, bis ich da bin.«

»Wieso?« fragte sie mit banger Stimme.

»War nur 'n Scherz«, sagte ich. »Bis gleich.«

Bad Münstereifel

Ich war erstaunt, daß der Laden geöffnet war. Bei einem Blick durchs Schaufenster entdeckte ich die Lingscheid und eine junge, mir unbekannte Frau hinter dem Ladentisch. Kunden waren auch da und sorgten dafür, daß die Kasse klingelte. Fragte sich nur, für wen.

Beate öffnete die Wohnungstür nur spaltbreit und mit vorgelegter Kette. Als sie mich erkannte, atmete sie so schwer aus, als habe sie seit unserem Telefonat die Luft angehalten. Im Gegensatz zu Montag trug sie ein blauweißrotes Minikleid, das aussah wie aus einem Union Jack geschneidert.

»Sind Sie allein?« fragte sie.

»Gina ist in Trier«, sagte ich.

Auf dem Küchentisch standen eine Thermoskanne mit Kaffee und ein Blech voll Streuselkuchen.

»Aus der Automatenkanne hat der Kaffee nach Pfefferminztee geschmeckt«, sagte sie. »Ich brüh ihn jetzt direkt in die Isokanne rein. Den Kuchen hab ich selbst gemacht.«

Das Rezept für den Streusel mußte sie einem Kochbuch aus der Sahelzone entnommen haben, denn ich brauchte drei Tassen Kaffee, um ein Stück runterzuspülen.

»Lecker«, sagte ich. »Ich hab gesehen, daß der Laden wieder geöffnet ist.«

»Jakob hat das gestern organisiert. Er sagte, die Waren verderben sonst, und damit sei niemandem gedient.«

»Hat er Sie nicht gefragt, ob Sie wieder arbeiten wollen?«

»Sollen wir uns nicht duzen? Ich fänd das süß.«

»Ich hab nichts dagegen«, sagte ich. »Ich heiße Tom.«

»Das weiß ich doch.« Auch sie schien von ihrem eigenen Kuchen wenig begeistert, denn sie kapitulierte nach einem halben Stück. »Angeboten hat er's mir nicht, und wenn, hätte ich abgelehnt. Mit der Lingscheid könnte ich nicht zusammenarbeiten. Das gäb Mord und Totschlag.«

»Warum?«

»Ich hab dir doch erzählt, daß sie in der größten Not mehr Geld wollte. Außerdem kann ich Leute nicht leiden, die immer gut drauf sind, egal, was los ist. Die schluckt doch irgendwas.«

»Das ist wieder typisch. Ist einer mal kein Miesepeter, heißt es gleich, der ist auf Pille.«

»Gegen mal gut drauf hat ja keiner was. Aber die Lingscheid

guckt immer wie vom Engel geküßt, egal ob du sie in den Arsch trittst oder ihr was zum Geburtstag schenkst. Das ist doch nicht normal.«

Die Nachmittagssonne knallte voll herein.

»Hast du was dagegen, wenn ich das Fenster aufmache?« fragte ich.

»Bleib sitzen, ich mach das schon.«

Sie öffnete beide Flügel, und sofort gab es leichten Durchzug. Für einen Moment verharrte sie und sah aus dem Fenster. Zum ersten Mal fiel mir auf, daß sie verdammt hübsche Beine und einen knackigen Hintern hatte. Als sie sich rumdrehte, bemerkte sie meinen Blick, verstand ihn aber falsch.

»Ich kauf mir noch was Schwarzes«, sagte sie. »So kann ich ja nicht gehen.«

Die Thermoskanne war leer.

»Im Kühlschrank ist Bier, wenn du willst.«

Und wie ich wollte. Nachdem ich meine Kehle angefeuchtet hatte, sagte ich: »Erzähl mir doch mal genau, wie das mit Frau Trimborn abgelaufen ist.«

Sie nahm wieder Platz und verknotete ihre Beine in gewohnter Manier. »Frau Trimborn war ein paar Tage auf Verwandtenbesuch und ist erst gestern zurückgekommen. Heute in aller Frühe muß eine Nachbarin sie dann mit dem neuesten Tratsch versorgt haben. Eine Viertelstunde später stürmte sie hier rein und hat Terror gemacht. Ich lag noch im Bett.«

»Wie lautete das Gerücht noch? Sie hätte Josef durch überzogene Mieterhöhungen in den Tod getrieben?«

Beate nickte, um mir gleich anschließend einen Vogel zu zeigen. »So ein hirnverbrannter Schwachsinn. Er hat doch keinen Selbstmord begangen.«

»Weißt du, wo sie wohnt?«

»Am Entenmarkt.«

»Dann wollen wir der Dame mal einen Besuch abstatten«, sagte ich und leerte die Flasche im Eiltempo.

Kapitel 12

Der ehemalige Markt war alles andere als üppig. Kein Wunder, daß hier mit Enten gehandelt worden war. Für Gänse oder gar Schweine hätte der Platz nicht gereicht. Dafür gab es eine Treppe runter zum Fluß. Praktisch für die Anwohner, da konnten sie sich mal schnell die Füße waschen.

Else Trimborn wohnte in Nummer 22, einem – bis auf das Dach – picobello erhaltenen Fachwerkhaus. Pralle Blumenkästen vor den Fenstern sorgten für Farbtupfer. Während ich läutete, blieb Beate drei Meter zurück.

»Sie wünschen, junger Mann?«

Die Frage wurde mir von einer ausgesprochen rüstig wirkenden Dame gestellt, die nichtsdestoweniger stramm auf die achtzig zustrebte. Für ihren Jahrgang war sie recht groß, bestimmt eins siebzig, und sehr hager. Ihr Haar hatte jenen Blauton, wie er Damen im Rentenalter vorbehalten ist. Sie musterte mich aus zusammengekniffenen Augen, die sich schlagartig weiteten, als sie Beate entdeckte.

Bevor sie in die Luft gehen konnte, stellte ich mich vor und bat vor allem in Ginas Namen, sie kurz sprechen zu dürfen. Da sie sich nicht äußerte, schob ich nach: »Wenn Sie wollen, wartet Frau Nelles hier draußen. Obwohl es zur Klärung des Mißverständnisses besser wäre, Sie bäten sie herein.«

»Gut«, sagte sie. »Unternehmen wir noch einen Versuch.«

Eingerichtet war sie im Jugendstil, und zwar bis ins Detail. Selbst die Likörgläschen, die im Quartett nebst wohlgefüllter Karaffe auf das nächste Damenkränzchen warteten, waren stilecht. So hatte ich mir immer Effi Briests Wohnzimmer vorgestellt.

Während Beate und ich uns auf dem Sofa niederließen, verschwand Frau Trimborn nach nebenan, um kurz darauf mit einem Leitz-Ordner zurückzukehren, den sie auf dem Tisch ablegte. Dann nahm sie selbst Platz.

»Diese Person«, sagte sie mit einem Kopfrucken in Richtung Beate, ohne jedoch den Blick von mir zu wenden, »verbreitet in der Stadt, ich betreibe Mietwucher und hätte damit ihren Arbeitgeber und – wie ich nunmehr auch weiß – Lebensgefährten, Herrn Josef Deutsch, in den Tod getrieben.«

Beate setzte an, aber ich bedeutete ihr, sich zurückzuhalten.

»Das ist übelste Rufschädigung«, fuhr Frau Trimborn fort. »Dafür erwarte ich zunächst einmal eine Entschuldigung.«

Das sagte sie schneidend wie ein General, der vom Bespringer seiner Gemahlin Satisfaktion fordert. Die Vorstellung, wie die beiden Damen sich im Morgengrauen mit Steinschloßpistolen auf dem Entenmarkt duellierten, erheiterte mich. Um der Sache willen riß ich mich jedoch zusammen.

»Sie wollen doch sicher nicht, daß Frau Nelles, nur um Ihnen nach dem Mund zu reden, sich für etwas entschuldigt, was sie nicht getan hat«, sagte ich. »Außerdem ist die Behauptung völlig haltlos, weil Herr Deutsch ermordet wurde und sich nicht selbst getötet hat.«

»Es kann gute Gründe geben, daß jemand, der den Tod sucht, dies auf eine Art tut, die die Selbsttötung wie Unglück oder Mord erscheinen läßt.«

»Ich war dabei, Frau Trimborn«, sagte ich. »Ich hab mit eigenen Augen gesehen, was passiert ist. Ein vorgetäuschter Selbstmord scheidet aus.«

»Halten Sie sich für kompetent, das beurteilen zu können?«

»Zwanzig Jahre Kripo, davon fünfzehn bei der Mordkommission, was sagen Sie dazu?«

»Oh.« Frau Trimborn machte einen spitzen Mund. »Sie hätten mir Ihre Marke zeigen sollen.«

Ich erzählte ihr, daß das Vergangenheit sei, ich aber mit meiner Marke nicht auch mein Urteilsvermögen abgegeben hätte. Dann sagte ich:

»Wer auch immer dieses Gerücht verbreitet hat, ist dumm, denn ein Gerücht sollte sich wenigstens so weit an die Fakten halten, daß es einer oberflächlichen Überprüfung standhält.«

Darauf kaute Frau Trimborn eine Weile herum. Schließlich wandte sie sich an Beate: »Da muß ich mich wohl bei dir entschuldigen, mein Kind. Es tut mir aufrichtig leid, daß ich dir Unrecht getan habe.«

»Geschenkt«, sagte Beate. »Ich hab's eh nicht so ernst genommen.«

Für den dummen Spruch hätte ich ihr in ihren hübschen Hintern treten können, denn umgehend machte Frau Trimborn wieder ein eingeschnapptes Gesicht.

Um die alte Dame auf andere Gedanken zu bringen, fragte ich schnell: »Entbehrt denn auch die Geschichte von der Mieterhöhung jeder Grundlage?«

»Leider nein«, sagte sie und klopfte auf den Ordner. »Ich war gezwungen, die Miete zum Jahresbeginn um dreißig Prozent anzuheben, da ich gewisse Auflagen des Bauamtes zu erfüllen und zu finanzieren hatte. Die Anhebung war keineswegs kostendeckend, aber noch mehr wollte ich Herrn Deutsch nicht zumuten.«

»Eine weitere Erhöhung sollen Sie bereits angekündigt haben.«

»Ich sehe, die Buschtrommeln funktionieren«, sagte Frau Trimborn. »Bedauerlicherweise, ja. Kaum war die Dachstuhlsanierung abgeschlossen, wurde mir, wie es so schön heißt, aus feuerpolizeilichen Gründen die Erneuerung der gesamten Elektroinstallation zur Auflage gemacht. Dabei wurden die Kabel erst 1959 – oder war es 1960? – neu verlegt. Damals bereits unter Putz.«

Ich muß wohl ungläubig geguckt haben, denn Frau Trimborn klopfte erneut auf den Ordner. »Sie können gerne nachsehen, junger Mann. Hier drin befindet sich die gesammelte Korrespondenz.«

Die Gelegenheit ließ ich mir nicht entgehen. Die Damen ignorierten sich derweil. Beate studierte ihre Schuhspitzen, Frau Trimborn nestelte an den Ärmeln ihres Kleides.

»Man hat Ihnen aber äußerst knappe Fristen gesetzt«, sagte ich. »Ist das üblich?«

»Nur bei akuter Gefährdung.«

»War der Tatbestand denn gegeben?«

»Blödsinn!« entfuhr es ihr. »Entschuldigung. Natürlich nicht. Dieser Dr. Viltz, der die Briefe unterschrieben hat, ist ein aufgeblasener Wichtigtuer. Aber Behörde ist Behörde, und in dem Fall hatte er das Recht auf seiner Seite.«

»Sie hätten Einspruch einlegen können.«

»Dann hätte ich aber auch ein Gegengutachten erstellen lassen müssen. Das war mir zu teuer. Da hab ich lieber gleich saniert.«

Ich blätterte noch ein wenig. Dieser Viltz hatte wirklich alle Register gezogen und auch mit Drohungen nicht gespart.

»Sind auch Ihre Nachbarn betroffen, oder hat das Bauamt nur Sie heimgesucht?« fragte ich.

»Nicht einmal das«, sagte sie. »Es geht nur um das eine Haus.«

Was das jetzt heißen sollte, kapierte ich nicht. Beate ebensowenig, wie sie mir mit einem Blick signalisierte. Bevor ich nachfragen konnte, gab Frau Trimborn eine Erklärung ab.

»Ich besitze in Münstereifel drei Häuser. Gucken Sie nicht so – das hat mit Kapitalismus nichts zu tun, es hat sich einfach so ergeben. Dieses hier«, – dabei zeigte sie mit dem ausgestreckten Finger auf den Fußboden – »ist das Geburtshaus meines Mannes. Dann das Haus in der Orchheimer Straße, über das wir die ganze Zeit sprechen, und in dem mein Mann und ich über fünfundvierzig Jahre glücklich gelebt haben. Und natürlich mein Elternhaus.«

Sie beugte sich vor und machte ein derart verschwörerisches Gesicht, daß ich mit dem Geständnis rechnete, sie sei die letzte Zarentochter. Statt dessen sagte sie: »Ich bin nämlich eine geborene Haass.«

»Aha«, sagte ich. Der Name sagte mir nicht das geringste.

»Das Haus mit dem Stein- und Weinladen«, sagte Beate.

»Ich sehe, Sie kennen sich aus«, sagte Frau Trimborn.

»Ich kenne die Gedenktafel.«

Ich kannte weder die Gedenktafel, noch war mir das Geschäft aufgefallen. Außerdem kam mir Stein und Wein seltsam vor. Das war ja, als ob eine Metzgerei nebenbei Hosenknöpfe verkaufte.

»Verstehe ich Sie richtig, Auflagen hat dieser Viltz Ihnen nur für das Haus in der Orchheimer gemacht?«

»Jawohl.«

»Sind die beiden anderen Häuser in vergleichbarem Zustand?«

»Technisch eher in einem schlechteren. Ich sag Ihnen jetzt mal was, junger Mann: Hinter all dem Theater steckt ganz etwas anderes.« Wieder tat sie äußerst geheimnisvoll. »Mit diesen Schikanen will man mir den Besitz des Hauses verleiden und mich zum Verkauf bewegen.«

»Wer ist ›man‹?«

»Mir liegt das Angebot eines Immobilienmaklers vor.«

»Ein attraktives?«

»Nachdem ich ein paarmal nein gesagt habe, hat er mir zuletzt das anderthalbfache des Marktwertes geboten.«

»Alle Achtung«, sagte ich. »Sind Sie nicht schwach geworden?«

Im Flur schlug die Standuhr fünfmal. Frau Trimborn korrigierte ihre Armbanduhr entsprechend.

»Wie ich Ihnen bereits erzählte, haben mein verstorbener Gatte und ich nahezu ein halbes Jahrhundert in dem Haus gelebt. Auch wenn ich heute aus praktischen Gründen nicht mehr darin wohne, bedeutet es mir doch sehr, sehr viel. Ich würde es nicht einmal um den Preis der Unsterblichkeit verkaufen.«

»Dieser Immobilienfuzzi hat also den Viltz vom Bauamt angestiftet, Ihnen das Leben schwer zu machen. Nur auf wessen Rechnung? Auf seine eigene?«

Frau Trimborn machte eine abfällige Handbewegung. »Der Metzen gehört zu der Sorte Makler, die vom Blitz getroffene Scheunen als leicht renovierungsbedürftige Wochenendhäuser an Kölner verkaufen. Mein Haus ist für den zwei Nummern zu groß. Er handelt im Auftrag, das steht für mich fest.«

»Haben Sie eine Ahnung, in wessen?«

»Wenn in dieser Stadt auch sonst nichts geheim bleibt, in diesem Fall haben die Nachrichtendienste versagt. Aber es muß sich um jemanden handeln, der gut was an den Füßen hat. Das schränkt die Zahl der Kandidaten ein.«

»Wußte Josef Deutsch von Metzens Angebot?«

Sie nickte. »Er hat mich angefleht, nicht zu verkaufen. Dafür war er bereit, jede Mietzinsanhebung in Kauf zu nehmen. Sie können sich Ihre säuerliche Miene sparen: Was ich verlange, liegt selbst nach der zweiten Anhebung noch weit unter dem Durchschnitt.«

Ein wenig den Nasenrücken zu reiben, brachte mich auf eine

Idee. »Wie wäre es, wenn Sie zum Schein auf Metzens Angebot eingingen? Dann müßte er preisgeben, in wessen Auftrag er handelt.«

Frau Trimborn musterte mich so gewissenhaft, als hätte ich um die Hand ihrer Tochter angehalten. »Denken Sie, es besteht ein Zusammenhang zwischen den Vorgängen um mein Haus und Herrn Deutschs Ermordung? Und welches Interesse verfolgen eigentlich Sie bei dem Fall?«

Ich überlegte mir meine Antwort gut. »Nehmen wir an, Josef Deutsch hätte versucht, auf eigene Faust herauszufinden, wer hinter dem Angebot steckt und wäre dabei auf die Connection Mister X-Metzen-Viltz gestoßen. Keinem der drei Herren kann daran gelegen sein, daß ihre Machenschaften publik werden. Ob sie zum Schutz ihrer Interessen so weit gehen würden, jemand zu ermorden, lassen wir mal dahingestellt sein.«

»Hm. Bleibt die Frage nach Ihrer Interessenlage.«

»Ich denke, mir hat die Art mißfallen, wie er sterben mußte.«

Die Uhr schlug halb. Als der Schlag verhallte, hörte ich Beate leise weinen.

Kapitel 13

Wir bestellten beide ein Münstereifeler Pfännchen, was nichts anderes war als Schweinefilet mit Wirsing und Röstkartoffeln. Beate trank dazu einen Spätburgunder, ich hielt mich an Pilsner Urquell. Der Tag hatte mich geschlaucht. Bereits nach dem vierten Bier war ich angetrunken.

»Du guckst so kariert«, sagte Beate.

»So fühl ich mich auch. Ich glaub, ich hau mich beizeiten aufs Sofa. Sonst bin ich morgen früh nicht fit.« Wir hatten uns darauf geeinigt, daß ich die Nacht bei ihr verbringen würde.

Ich zahlte, und wir gingen. Glücklicherweise hatten wir es vom Weinhaus ›En de Höll‹ nicht weit, ungefähr dreißig Meter. Vor der Buchhandlung Mandala stand eine hochgewachsene Frau in einem steingrauen Trenchcoat. Sie sah aus wie vom Geheimdienst.

»Hallo, Gina«, sagte ich. »Wo kommst du denn her?«

»Du lallst«, sagte sie.

»Das sind lediglich Konditionsmängel.«

»Mir ist etwas eingefallen. Können wir das drin besprechen?«

»Selbstverständlich«, sagte Beate.

In der Küche stellte ich erst einmal die beiden Flaschen Pinkus Müller kalt, die ich aus einer der Kisten im Treppenhaus mit nach oben genommen hatte. Gina wählte aus Beates Angebot einen Erdbeertee. Während der zog, berichtete Beate ihr von unserem Besuch bei Frau Trimborn und welchen Plan wir für den nächsten Tag geschmiedet hatten.

»Ich finde, du solltest deine Verdachtsmomente der Kripo mitteilen«, sagte Gina an meine Adresse, nachdem Beate fertig war, »und keine Ermittlungen auf eigene Faust anstellen.«

»Du glaubst doch nicht ernsthaft, daß Emmelmann und Co. sich für Hinweise eines ehemaligen, noch dazu gefeuerten Kollegen interessieren. Die schicken mich bestenfalls mit 'nem Arschtritt und der Drohung nach Hause, mir 'n paar auf die Mütze zu geben, sollte ich mich noch mal in ihren Fall einmischen.«

»Tom, es ist zu riskant, was du vorhast. Du hast doch selbst gesagt, daß diese Leute möglicherweise Mörder sind.«

»Gina hat recht«, sagte Beate.

»Jetzt fängst du auch noch an!« schnauzte ich. »Ihr blöden Weiber geht mir langsam auf den Keks!«

»Du schläfst am besten erst mal deinen Rausch aus«, sagte Gina. »Mit dir kann man ja nicht mehr vernünftig reden.«

»Von Teetrinkern laß ich mir überhaupt nichts sagen.« Unter den besorgten Blicken der beiden Damen nahm ich eines der Biere aus dem Kühlschrank. Da ich nirgendwo einen Flaschenöffner sah, hebelte ich den Kronkorken mit einem Eßlöffel ab. »Laß erst mal hören, was dich hergetrieben hat.«

Einen bitterbösen Blick mußte ich mir noch gefallen lassen, dann sagte Gina: »Jakob konnte doch nirgendwo Josefs persönliche Papiere finden. Ich hab 'ne Idee, wo sie sein könnten.«

»Mach's nicht so spannend.«

»Wir haben letztes Jahr in Maastricht eine Stahlkassette erstanden. Die steht im Keller, in der alten Anrichte, die Josef als Werkbank benutzt hat.«

»Worauf warten wir dann noch?« fragte ich und rülpste.

*

Im Keller war die Erneuerung der Elektroinstallation offenbar noch im Gange, denn das Licht funktionierte nicht. Dafür gab es jede Menge Spinnen, und vor denen hatten beide Frauen nach eigenem Bekunden eine Höllenangst. Solche mit kleinem Körper und langen Beinen, solche mit dickem Körper und kurzen Beinen und solche mit sehr dickem Körper und sehr langen Beinen. Egal wohin ich den Kegel der Taschenlampe auch richtete, irgendwo saß immer eines dieser achtbeinigen Ungeheuer. Einige hockten in ihren Netzen, andere fegten die Wände entlang. Ein untertassengroßes, noch dazu behaartes Exemplar saß mitten auf der Anrichte und glotzte uns an. Ich wußte gar nicht, daß solche Kaliber in Mitteleuropa existierten.

»Ist das das Möbel?« fragte ich.

»Gütiger Himmel!« Gina klammerte sich an meinen Arm, daß der Strahl der Taschenlampe sonstwohin geisterte. Beate hing bereits an meiner linken Seite. Ich machte mich von beiden los.

Als ich wieder hinleuchtete, war das Vieh verschwunden.

»Wo ist sie denn jetzt?« flüsterte Beate.

Mich ritt der Teufel. Knapp unterhalb des Rocksaums ließ ich meine Finger Beates Oberschenkel raufkrabbeln. Ihr Schrei war hollywoodreif.

»Ich will hier raus!« schrie auch Gina, drehte sich um und verhedderte sich in einem riesigen, staubigen Netz, das sich zwischen Tür und Regal spannte.

Eine Weile kreischten und heulten beide, dann drängten sie sich zitternd und schutzsuchend aneinander. Ich hüpfte derweil herum, machte »Huuuiii!« wie ein Gespenst und amüsierte mich köstlich. Gina fing sich als erste und trat mir voll vors Schienenbein.

»Du blöder Hund!« schnauzte sie. »Bring uns gefälligst hier raus.«

»Bitte!« jammerte Beate.

Ich erbarmte mich und geleitete die beiden Arachnophobiegeplagten den Gang entlang und die Treppe hinauf. Dann marschierte ich zurück. Als ich den Raum mit der Anrichte betrat, knackte es im Kellerraum gegenüber. Ich leuchtete hinein und erschrak. Zwischen abgefahrenen Autoreifen, einem zerschlissenen Sofa und stapelweise leeren Sperrholzkistchen stand jemand. – Eine männliche Schaufensterpuppe. Bis auf einen napoleonischen Dreispitz war sie nackt.

Ich wartete, bis mein Puls wieder unter hundert gefallen war, und knöpfte mir dann die Anrichte vor. Der Schlüssel brach gleich beim ersten Versuch aufzuschließen ab. Nach einigem Herumgestöber entdeckte ich ein Brecheisen.

Gegen das Eisen hatte die Tür der Anrichte keine Chance, zumal das Holz alt und spröde war. Das Einlegebrett war entfernt worden, um Platz für eine Stahlkassette zu bieten, die groß genug war, um DIN A3 ungefaltet aufzunehmen. Ich mußte sie herauszerren, denn zum Heben war sie zu schwer. Sie war unverschlossen und enthielt abgesehen von einigen Silberfischen fünf Eckspanner, einen wattierten DIN A4 Umschlag und einen Aktenordner. Wenn ich hier unten schon mal einen Blick hineinwarf, brauchte ich vielleicht nicht alles nach oben zu schleppen. Ich begann mit dem Umschlag.

Er enthielt ein Dutzend gestochen scharfer Schwarzweißfotos mit wundersamen Motiven. Zuerst dachte ich, es seien Kreidestriche. Dann tippte ich auf Kratzspuren in Felsgestein. Parallele Linien, wie von Kufen geschliffen. Sollten das Landespuren außerirdischer Raumschiffe auf irgendeinem Gebirgsplateau sein? Hatte sich Josef heimlich als Eifel-Däniken betätigt? Auf den Rückseiten war immer das Wort »Probe«, eine fünfstellige Ziffer sowie ein Datum notiert. Sämtliche Daten lagen im Zeitraum März und April dieses Jahres.

Im obersten Eckspanner fand ich eine handschriftlich erstellte Liste mit Abkürzungen. Zum Beispiel stand da VF-70-LH, daneben Datum und Uhrzeit. Oder VB-17-DP plus Datum und Uhrzeit. So ging das die ganze Seite runter, wobei sich manche Kürzel wiederholten. Auch hier stammten die Daten aus den Monaten März und April. Die Uhrzeiten lagen immer zwischen Mitternacht und vier Uhr früh.

An die Liste angeklammert war ein einzelnes Foto. Es war stark gelbstichig und wirkte wie mit Hilfe eines Restlichtverstärkers aufgenommen. Mit zusammengekniffenen Augen erkannte ich das hintere Ende eines Lkws und ein Stück Gebäude oder Mauer. Zwischen Lkw und Mauer stand ein Mann mit einer Schiebermütze auf dem Kopf und hielt einen Karton in den Händen. Die Aufnahme zeigte ihn im Profil. Ich rätselte ein bißchen, aber er blieb mir unbekannt.

Und dann war da noch etwas. Im Hintergrund des Mannes zeichnete sich deutlich ein Oval ab. Nein, Oval war falsch, es handelte sich um ein langgezogenes, aufrecht stehendes Rechteck, dessen kürzere Seiten, also oben und unten, abgerundet waren. Setzte ich den Mann mit eins fünfundsiebzig als Maßstab an, betrug die Höhe des Rechtecks schätzungsweise einen bis anderthalb Meter.

Ich betrachtete das Foto von allen Seiten, aber was das darstellen sollte, blieb mir schleierhaft.

Hinter mir knackte es wieder. Ich kontrollierte noch einmal, ob Napoleon Unfug trieb, aber er hatte sich nicht vom Fleck gerührt. Dafür erwischte der Lampenstrahl gerade noch eine Maus, die zwischen seinen Füßen verschwand.

Die übrigen Eckspanner enthielten, was so im Laufe eines Lebens an Papieren zusammenkommt. Schulzeugnisse, eine Bescheinigung über die Teilnahme an einem Kurs zur musikalischen Früherziehung, Frei- und Fahrtenschwimmer, Jugendschwimm- und DLRG-Leistungsschein und überhaupt jede Menge Sporturkunden. Josef Deutsch schien eine richtige Kanone gewesen zu sein. Verblüfft war ich nur, als ich feststellte, daß er mein Jahrgang gewesen war. Ich hatte ihn sogar für jünger als Gina gehalten. Aber so war es nun mal: Manche Leute hielten sich eben besser als andere. Das galt auch für seinen Bruder.

Ich knöpfte mir den Aktenordner vor. Gleich zuoberst lag das Schreiben eines Dr. jur. Adrian Hoever an Jakob Deutsch, in dem der Anwalt Jakob im Namen seines Mandanten Josef Deutsch ultimativ aufforderte, die rückständigen anderthalb Millionen aus dem elterlichen Erbe bis zum 30. Juni 1997 auszuzahlen, da man sich anderenfalls gezwungen sehe, Klage einzureichen. Ich war so baff, daß ich den Brief zweimal las.

Auf einmal hörte ich Schritte hinter mir. Ich fuhr herum, und im gleichen Moment blendete eine extrem helle Lampe auf.

»Gina?« fragte ich. »Beate? Mensch, macht die Funzel aus.«

Die Lichtquelle kam ohne abzublenden näher. Ich hörte mich noch »He, was soll das?« sagen, und dann tat's einen Schlag, als hätte ich einem ICE im Weg gestanden. Tausend Kisten Silvesterraketen gingen gleichzeitig hoch. Der Krach und die Farben waren unbeschreiblich. Schließlich hatte jemand Mitleid mit mir und packte meinen Kopf in schwarze Watte.

*

Sanfte, sphärische Klänge kitzelten mein Bewußtsein. Zu den Tönen sah ich eine Elfe, die mich lockte. Ich folgte ihr über Wiesen und Felder zu einer steinernen Kapelle. Lachend entschwand sie durch das Portal. Als ich ihr nacheilte, knallte ich mit dem Kopf gegen den Scheitelstein.

»Scheiße!«

»Hätte ich doch nur gewettet«, hörte ich Gina sagen. »Ich wäre die reichste Frau der Eifel.«

»Worauf gewettet?« fragte Beate.

»Daß das sein erstes Wort sein würde.«

Wenn mich nicht alles trog, sprachen sie von mir. Ganz langsam, um ja keine Explosion auszulösen, öffnete ich die Augen. Ich lag auf dem Schilfsofa. Vor dem Sofa knieten Gina und Beate, als beteten sie mich an.

»Was ist das auf meinem Kopf?« fragte ich. »Die Beule?«

»Der Waschlappen auf der Beule«, sagte Gina. »Du hast Schwein gehabt, die Haut ist nicht geplatzt.«

»Hättest du mehr Haare, hättest du nicht einmal eine Beule«, sagte Beate. »Er kann nicht sehr fest zugeschlagen haben.«

»Von wegen. Wieso eigentlich er?«

»Theoretisch natürlich auch eine Sie.«

»Wie lange war ich bewußtlos?«

»Ich weiß nicht«, sagte Gina. »Seit fünf Minuten liegst du hier oben.«

»Wer hat mich denn gefunden?«

»Wir.«

»Ihr seid wirklich noch mal in den Keller?«

»Mit Todesverachtung. Beate hat sich Gummistiefel angezogen, und ich hab mir Müllsäcke um die Beine gewickelt.«

»Du kamst und kamst nicht zurück«, sagte Beate. »Dann splitterte plötzlich eine Scheibe. Die muß der Kerl eingeschlagen haben, als er eingebrochen ist. Da sind wir dann runter in die Katakomben.«

»Und wer hat mich raufgeschafft?«

Beide winkelten die Arme an und zeigten ihre Bizepse.

»Das glaub ich nicht.«

»Beate hat mal kurz in einer Abdeckerei gejobbt«, sagte Gina. »Tote Pferde, tote Rinder, du weißt schon. Und ich hab mir immer wieder ins Gedächtnis gerufen, wie ich vor zwei Jahren mal Furtwängler ins Haus getragen habe, als er im Hochsommer einen Kreislaufkollaps hatte. So haben wir's geschafft.«

»Furtwängler?«

»Mein Hund. Der Neufundländer.«

»Ich dachte, er heißt ... «

»Wie?«

»Schon gut. Wieso ausgerechnet Furtwängler?«

»Hab ich dir nie erzählt, daß meine Mutter als junge Frau mal eine Affäre mit Furtwängler hatte? Wirklich nicht? – Egal, jedenfalls hat sie mehr als einmal zu mir gesagt: ›Wär ich damals nicht so naiv gewesen, dann wärst du Furtwänglers Tochter und nicht die deines Vaters.‹«

»Dann wärst du aber mindestens fünf Jahre älter. Außerdem ist das doch kein Grund, einen Hund –«

»Sie meinte, er hätte die gleichen Augen.«

»Jetzt sag nur, Furtwängler konnte auch bellen.«

Gina grinste breit wie ein Frosch, und Beate lachte und sah mehr denn je aus wie Pumuckl. Ich gackerte ein bißchen mit und mußte plötzlich husten, wobei mir fast der Schädel platzte.

»Das ist die Strafe«, sagte Gina.

Es dauerte eine Weile, bis der Schmerz so weit abgeebbt war, daß ich wieder denken konnte. Endlich fiel mir ein, wonach ich schon die ganze Zeit hatte fragen wollen. »Steht die Kassette noch im Keller?«

Die beiden Frauen guckten, als hätte ich nach der chemischen Formel für Haarspray gefragt.

»In der Anrichte war die Kassette«, sagte ich. »Sie war voller Papierkram. Die kann doch nicht verschwunden sein.«

»Es sei denn, der, der dich niedergeschlagen hat, hat sie mitgehen lassen«, sagte Gina. »Vielleicht ist er überhaupt nur deswegen eingebrochen. Was war denn drin?«

»Wie?«

»Was für Papierkram?«

Das war eine gute Frage. Ich grübelte und grübelte, kam aber nicht darauf. Dieser Hurensohn mußte mein Hirn genau an der Stelle getroffen haben, an der ich mir das gemerkt hatte.

Kapitel 14

Bad Münstereifel entwickelte sich für mich immer mehr zu einer Stadt der kurzen Wege. Der Immobilienmakler residierte keine hundert Meter die Straße runter in einem Ladenlokal, das von einem Antiquitätengeschäft und einem Eiscafé flankiert wurde. Als ich den Laden betrat, machte es bimbam.

Die Einrichtung verströmte den morbiden Charme eines illegalen Wettbüros, das kurz vor der Pleite steht. Dieses Jahr hatte sich garantiert noch keine Putzfrau um das Linoleum gekümmert, und die vom letzten mußte ein Schlampe gewesen sein. An den nikotingelben Rauhputzwänden klebten Kurzbeschreibungen von Objekten. Wie sie befestigt waren, konnte ich nicht sehen. Ich tippte mal auf Kaugummi.

Die Möbel hatten schon vor dreißig Jahren nichts getaugt und wären in ihrem jetzigen Zustand selbst beim Obdachlosenasyl im Sperrmüll gelandet. Zur perfekten Gemütlichkeit fehlten nur noch ein paar ausgeschnibbelte Fotos aus den St. Pauli-Nachrichten.

»Was kann ich für Sie tun?« fragte plötzlich eine geschlechtslose Stimme von der Treppe aus, nachdem ich fünf Minuten herumgestanden und saure Luft geatmet hatte.

Gefragt hatte mich das ein Mann, der die eins sechzig knapp und nur mit Hilfe von Spezialschuhen mit eingebauter Plateausohle überschritt. Er hatte die fünfzig längst hinter sich, trotzdem war sein Mondgesicht völlig faltenfrei, als sei er erst heute morgen auf die Welt gekommen. Fast weiße Haare machten ihn noch käsiger, als er ohnehin schon war. Bekleidet war er mit einem verknitterten braunen Anzug, einem grüngelben Hemd und einer schiefsitzenden, bekleckerten Krawatte undefinierbarer Farbe. Sein Auftreten war devot, aber in seinen Augen spiegelte sich eine Mischung aus Dreistigkeit und der Verschlagenheit seines Standes. Eigentlich entsprach sein Äußeres genau meiner Kindheitsvorstellung von jenen »Onkeln«, vor denen meine Mutter mich immer gewarnt hatte.

»Ich dachte schon, Sie hätten auf Selbstbedienung umgestellt«, sagte ich.

Anscheinend war er ein großer Freund von Scherzen, denn er wieherte kurz auf, wobei er quittengelbe Beißer zeigte.

»Verzeihung«, sagte er. »Mutter ist bettlägerig und da ... Nun, Sie wissen sicher, wie das ist. Nehmen Sie doch Platz.«

Das taten wir beide, er hinter, ich vor dem Schreibtisch. Ich warf einen Blick auf meine Uhr. Sieben Minuten mußte ich noch überbrücken.

»Ich bin auf der Suche nach einem Wochenendhaus in der näheren Umgebung«, sagte ich. »Es dürfte aber auch eine Wohnung hier in der Stadt sein.«

Metzen holte eine Packung Gitanes aus der Schublade. »Wollen Sie mieten oder kaufen?«

»Nein, danke«, sagte ich, als er mir eine Zigarette anbot. »Kaufen. Ich hab 'n bißchen was geerbt, und das möchte ich anlegen.«

Er steckte sich einen Glimmstengel an, warf den Kopf in den Nacken und pustete den Rauch kerzengerade nach oben. »An welche Größenordnung hatten Sie gedacht?«

»Drei Zimmer, Küche, Diele, Bad plus Grundstück.«

»Ich dachte mehr an die finanzielle Dimension.«

»Oh, ich verstehe. Eine halbe Million. Falls Sie etwas wirklich Besonderes anzubieten hätten, dürfte es auch ein bißchen mehr sein. Wie beim Metzger.«

Er wieherte, ich lachte, und dann klingelte Gott sei Dank das Telefon. Metzen entschuldigte sich und hob ab.

»Frau Trimborn, welche Überraschung.« Er drehte mir sein Profil zu. »Keineswegs, gnädige Frau. – Natürlich. – Ja, gewiß doch. – Jederzeit, gnädige Frau. – Ganz wie Sie wünschen. – Ich werde das sofort in die Wege leiten, gnädige Frau. – Keine Frage, gnädige Frau. – Ich melde mich unverzüglich, sobald ich ... Genau. – Sehr wohl, gnädige Frau. – Auf Wiederhören.«

Jetzt stand es ihm auf einmal im Gesicht, das unheilvolle Lächeln eines Kinderschänders beim Anblick unbeaufsichtigter Vierjähriger.

»Entschuldigen Sie«, sagte er und deutete auf den Apparat. »Ich müßte gerade noch mal ...«

»Business is business«, sagte ich, zwinkerte ihm zu und schaltete das Diktiergerät in der Jackentasche ein.

Viermal drehte er die Wählscheibe mit dem Radiergummiende eines Bleistifts. Das schleifende Rückstellgeräusch der Scheibe zeichnete ich auf. Außerdem hatte ich gesehen, daß die erste Ziffer eine Sieben war.

»Hallo, ich bin's«, sagte Metzen. »Ist er da? – Natürlich ist es wichtig, sonst würde ich ja nicht ... Verstehe. – Gut. – Ja, ja, ja. – Danke. – Tschüß.« Er legte auf und sagte: »Scheiße!«

»Probleme?« fragte ich.

»Was?« Metzen fuhr richtig zusammen, er hatte mich völlig vergessen. »Herr ... Herr ...«

»Schmitz«, sagte ich.

»Herr Schmitz«, sagte er, erhob sich und komplimentierte mich in Richtung Ausgang. »Ein unvorhersehbarer Notfall. Ich muß Sie leider bitten, später noch einmal ...«

»Selbstverständlich«, sagte ich, aber da stand ich bereits auf der Straße und starrte auf einen Saugnapf an der Scheibe, an dem ein Bin-gleich-zurück-Schild baumelte. Jenseits der Scheibe flitzte Metzen die Treppe rauf.

Schräg gegenüber verlief ein Gäßchen zwischen einem Restaurant namens Wolfsschlucht und einer Lottoannahmestelle. Dort stellte ich mich rein und behielt den Laden im Auge.

Da nichts passierte, schweiften meine Gedanken mal wieder ab zu dem vergessenen Inhalt der Kassette. Zum hundertsten Mal, seit ich wieder zur Besinnung gekommen war, zermarterte ich mir das Hirn über diese Unterlagen. Instinktiv wußte ich, daß sie enorm wichtig waren, und gerade deshalb machte mich meine Amnesie, machte mich dieses schwarze Loch im Kopf rasend.

»Wie ist es gelaufen?« fragte Gina, die so unerwartet vor mir stand wie ein Springteufel. Beinahe hätte meine Pumpe ausgesetzt.

Ich zog sie in die Gasse. »Wo willst du denn hin?«

»Wenn Beate uns schon bei sich übernachten läßt, sollten wir wenigstens mal den Kühlschrank auffüllen.«

»Wie habt ihr euch denn vertragen?« Ich fragte das, weil die beiden sich das Doppelbett im Schlafzimmer geteilt hatten.

»Es war für uns beide ziemlich merkwürdig. Mit der Rivalin im gleichen Bett zu liegen, in dem man sonst mit dem Objekt der Rivalität gelegen hat. Hast du nicht gehört, wie wir geheult haben?«

»Nein.« Ich hatte wirklich nichts gehört.

»Nun will ich aber wissen, was du bei diesem Immobilienfritzen herausgefunden hast.«

Ich berichtete, daß der Plan funktioniert hatte und daß ich nur darauf wartete, daß Metzen seinen Laden verlassen würde.

»Willst du ihm folgen?«

»Ich werd's zumindest versuchen. Hier.« Ich drückte ihr das Diktiergerät in die Hand. »Versuch mal rauszukriegen, welche Nummer er gewählt hat. Die erste Zahl ist 'ne Sieben.«

»Mal ehrlich, Tom«, sagte Gina. »Warum gehst du so ein Risiko ein? Ist es, weil du deinen Job vermißt? Oder tust du das alles mir zuliebe?«

»Das könnte dir so passen«, sagte ich, um sie unmittelbar danach zu packen und abzuknutschen, als wären wir sechzehn und säßen im Kino.

Zuerst war sie wie erstarrt, aber dann ließ sie sich gehen und öffnete ihre Lippen. Sie schmeckte nach Erdbeertee. Als wir uns voneinander lösten, waren wir beide verlegen.

»Was war das?« fragte Gina. »Schluckst du Hormontabletten?«

»Metzen ist gerade raus«, sagte ich. »Er hätte mich sonst gesehen.«

Ihre Ohrfeige kam völlig ansatzlos und klatschte in der Gasse so laut wie eine Knute auf einem Pferdearsch. Einem älteren Paar, das vorbeiflanierte, flogen die Köpfe herum. Bevor ich noch etwas sagen konnte, war Gina verschwunden.

Dabei hätte ich ihre Frage sowieso nicht beantworten können, jedenfalls nicht ehrlich. Gestern hatte ich noch geglaubt, ich würde ermitteln, weil mir die Art, wie Deutsch sterben mußte, mißfallen hatte. So hatte ich es auch Frau Trimborn gesagt. Heute gab es einen anderen Grund.

Die vergangene Nacht war die erste seit sechs Wochen gewesen, in der ich durchgeschlafen hatte. Und die erste, in der der Alptraum nicht gekommen war.

Kapitel 15

Um Haaresbreite hätte ich Metzen vergessen. Er war in der Stumpfgasse verschwunden. Dicht an den Hauswänden schlich ich ihm nach und sah, wie er sich hinter das Lenkrad eines rostnarbigen Ford Granada klemmte, der vor dem Schaufenster eines orthopädischen Schuhgeschäfts abgestellt war. Wahrscheinlich kaufte er seine Galoschen in dem Laden und durfte dafür dort parken. Bei Tieren nennt man so was Symbiose.

Ich machte, daß ich zurück zur Orchheimer kam, und winkte dem Mietwagenfahrer der Firma Sprotten, der mit seinem Benz ein Stück die Straße rauf gewartet hatte. Er rollte heran, ich stieg ein, und in dem Augenblick schoß Metzen auch schon ohne Rücksicht auf Passanten um die Ecke.

»Jetzt müssen Sie's sagen«, sagte der Fahrer. »Sie haben's versprochen.«

Er mochte Ende zwanzig sein, war baumlang, spindeldürr, hatte Akne, daß er Clearasil bestimmt kanisterweise kaufte, und einen wirklich unglaublichen Zinken im Gesicht. Zum Runterklappen der Sonnenblende mußte er den Kopf zur Seite nehmen. Vorgestellt hatte er sich als Willy. Auf dem Beifahrersitz lag ein Jerry Cotton.

»Willy, folgen Sie dem Wagen«, sagte ich.

»Das hat noch nie einer zu mir gesagt.« Er strahlte. »Das ist wie im Film. New York, Chicago oder so.«

»So ist es.«

»Vor uns fährt Al Capone.«

»Genau.«

»Und Sie sind Elliot Ness.«

»Gucken Sie nach vorne«, sagte ich. »Sonst landen wir noch im Bach.«

Weit fuhr Metzen nicht. Bereits in der Marktstraße sprang er aus dem Wagen und verschwand im Rathaus. Das Stück hätte er auch zu Fuß gehen können. Aber ich tippte mal, daß er noch weiter wollte.

»Warum Sie den Metzen verfolgen, dürfen Sie mir bestimmt nicht verraten«, sagte Willy, der, seit wir angehalten hatten, in der Nase popelte.

»Datenschutz«, sagte ich. »Kennen Sie den zweiten Mann?«

Damit meinte ich den schlanken, hochgewachsenen, elegant gekleideten, graumelierten Mittfünfziger, der an Metzens Seite aus dem Rathaus kam und auf der Beifahrerseite des Granada einstieg. Daß der Typ eine Dauerkarte fürs Sonnenstudio hatte, sah man. Daß er außerdem regelmäßig zur Maniküre ging, war nur eine Vermutung.

»Gesehen hab ich den schon mal«, sagte Willy, nahm den Finger aus der Nase und startete den Diesel. »Aber einen Namen wüßte ich jetzt nicht.«

»Bleiben Sie dran. Aber nicht zu dicht.«

Wir verließen die Altstadt durch das Heisterbacher Tor und folgten dem Ford zur B 51, wo Metzen in Richtung Euskirchen abbog. Zwei Wagen mußte Willy vorlassen, dann waren wir an der Reihe.

Die Ampel am Ende der Umgehungsstraße nahmen wir bei Rot, und auch sonst war dranbleiben auf einmal gar nicht mehr so einfach, denn Metzen drehte richtig auf, während sich der vor uns fahrende Kombi ans Tempolimit hielt. Pausenloser Gegenverkehr machte ein Überholen unmöglich.

»Gott sei Dank haut der mächtig Öl raus«, sagte Willy. »Ich seh ihn da vorne qualmen.«

Tatsächlich waren die blauen Rauchzeichen des Granada der beste Anhaltspunkt. Im Bogen ging es an Iversheim vorbei bis zur nächsten Ampelkreuzung, an der der Ford in Richtung Bonn-Flamersheim-Steinbachtalsperre und BAB Köln-Koblenz abschwenkte. Und gleich darauf wieder nach rechts, durch Arloff hindurch.

Die Ortsdurchfahrt war schmal, zumal Autos am Straßenrand

parkten, aber damit hatte Metzen nichts am Hut. Er fegte durch das Dorf, als sei er auf der Autobahn. Willy fuhr so schnell es vertretbar war, aber als es am Ortsende bergauf ging, hatten wir Metzen aus den Augen verloren.

Durch Felder und ein Stück Wald kamen wir auf eine halbseitige Allee, daß heißt, nur links standen Bäume. Ich wollte schon fluchen, weil ich dachte, er sei uns durch die Lappen gegangen, als am Ende der Allee mächtige Qualmwolken aufstiegen. Metzen bog gerade nach rechts ab.

Als wir an die Abzweigung kamen, beruhigte ich mich endgültig, denn die Straße war eine Sackgasse.

In unregelmäßigen Abständen gingen zu beiden Seiten unbefestigte Wege ab, wobei der Wald links bis an die Fahrbahn reichte, während er rechts erst nach hundert Metern freiem Feld begann, von einigen schmalen Streifen entlang der Wege einmal abgesehen. Entfernt blitzten Hausdächer zwischen den Bäumen auf.

Plötzlich riß Metzen das Steuer nach rechts. Das Heck des Wagens brach aus und kegelte drei neben der Zufahrt abgestellte Mülltonnen um, die ihren Inhalt ausspuckten. Ohne sich um die angerichtete Schweinerei zu kümmern, raste er, in eine gewaltige Staubwolke gehüllt, in Richtung Wald. Ich ließ Willy stoppen.

»Den Rest mach ich zu Fuß«, sagte ich. »Parken Sie irgendwo so, daß niemand Sie sieht, Sie aber den Weg im Auge behalten können.«

»Wie soll ich das denn machen?«

»Lassen Sie sich was einfallen.«

Ich wollte die von Metzen produzierte Staubwolke nutzen, denn solange ich das Haus nicht sehen konnte, war ich von dort aus auch nicht zu entdecken. Ich zog den Reißverschluß der Lederjacke hoch und joggte los.

Die Piste war knochentrocken und buckelig. Deshalb verzichtete ich darauf, Rekorde zu brechen, denn das letzte, was ich gebrauchen konnte, war ein verstauchter Knöchel oder ein Bänderriß. Nach fünfzig Metern hatte sich der Staub soweit gelegt, daß ich den Giebel eines Hauses ausmachen konnte, aber da hatte ich schon die Waldzunge erreicht, die sich entlang des Weges erstreckte. Ein Hüpfer zur Seite brachte mich in den Schatten der Bäume.

Das Vorankommen durch das Unterholz gestaltete sich erheblich mühseliger und zeitaufwendiger. Für die zweite Hälfte des Weges brauchte ich zehn Minuten, dann stand ich vor einem zweieinhalb Meter hohen Industriezaun mit engstehenden senkrechten Stäben und aufgesetzter Dornenleiste. Aus Spaß rüttelte ich mal an den Stäben. Genausogut hätte ich mir den Eiffelturm vorknöpfen können.

Ich marschierte bis zum Tor. Das hing zwischen massiven glattflächigen Stahlpfosten und war genauso undurchlässig wie der Zaun. Außerdem war es vom Haus aus einzusehen.

Das Haus stammte aus den Fünfzigern oder Sechzigern und sah aus, als sei hier *Alle meine Tiere* mit Gustav Knuth gedreht worden. Zwar gab es einen Briefkasten und eine Klingel, aber keine Namensschilder. Hier wohnte Mister X und setzte alles daran, Mister X zu bleiben.

Das Gestrüpp unmittelbar am Zaun war niedergetrampelt. Hier liefen hin und wieder Patrouillen lang. Das sollte mir recht sein, weil ich so leichter vorankam.

Nach dreißig oder vierzig Metern zackte der Zaun um neunzig Grad nach Norden weg. Hier begann das Grundstück eines Nachbarn, dessen Sicherheitsvorkehrungen noch entwicklungsfähig waren, denn das Anwesen war lediglich von einem Jägerzaun umgeben. Ein Zaun, der dazu auch noch morsch und an etlichen Stellen umgefallen war.

Ich suchte mir zwei etwa zwei Meter lange Zaunstücke aus, die noch einigermaßen fit aussahen, und riß sie von ihren Pfosten. Das war schwieriger, als es zunächst den Anschein gehabt hatte, denn der Zaun war mit ellenlangen Nägeln angeschlagen worden. Dafür sicherte mir mein Herumtoben und Gezeter den Respekt sämtlicher Wildschweine des Forstes, und sie würden es sich zweimal überlegen, sich mit mir anzulegen.

Die Zaunstücke gaben wirklich formidable Leitern ab. Ich lehnte das eine an, kletterte hoch, zog das andere nach, hievte es über den Zaun – wobei ich mir an einem Nagel den linken Handrücken aufriß – und lehnte es dort an. Dann brauchte ich nur noch über die Dornen zu steigen, möglichst ohne mich zu kastrieren. Auch das gelang.

Auf Hunde, Stolperdrähte und Fallgruben gefaßt marschierte ich in Richtung Haus.

*

Es war unglaublich, aber es gab keine Hunde. Dabei hatte ich mir extra einen feinen Knüppel gesucht. Vorerst behielt ich ihn auch, vielleicht traf ich ja noch auf Leoparden oder Boas.

Die Bäume reichten nicht bis ans Haus, die letzten fünfzehn Meter waren Rasen. Das galt rundum, außer im Bereich der Garage. Dort standen sie bis an die Rückseite. Ich schlich hin und schob mich die Mauer entlang, bis ich durch das einzige Fenster hineinspähen konnte. Da stand nur ein eingestaubter Wagen, den erhofften Zugang zum Haus entdeckte ich nicht.

Ein Blick um die Ecke verschaffte mir Überblick über das Gelände vor dem Haus. Die Zufahrt war bis zur Überdachung der Haustür und bis zur Garage gekiest. Die Abgrenzung der Rasenflächen besorgten steinerne Poller, zwischen denen schmiedeeiserne Ketten hingen. Etwas abseits gab es einen Goldfischteich. Außer Metzens Granada parkte da noch ein marineblauer Range Rover. Ein Anschleichen von dieser Seite erschien wenig sinnvoll, denn im Erdgeschoß gab es nur zwei kleine vergitterte Fenster, hinter denen ich Klo und Küche vermutete. Blieb die Rückseite.

Ich stellte den Knüppel neben die Regentonne und schlich gebückt bis zur Terrasse, die sich über die gesamte Rückfront erstreckte. Die eine Hälfte war überdacht, über der anderen Hälfte konnte bei Bedarf eine Markise ausgefahren werden. Das Terrassenmobiliar bestand aus massiven, knorrigen Sesseln und einem Tisch aus dem gleichen Programm. Zugang zum Haus hatte man über zwei doppelflügelige verglaste Türen. Daneben, zur Garage hin, gab es zusätzlich ein Panoramafenster, das fast bis auf den Boden reichte. Ich huschte die drei Stufen zur Terrasse hoch, ging auf die Knie und riskierte einen Blick durch die Scheibe.

Die Einrichtung war treudeutsch anno 1960. Eiche, Eiche und noch mal Eiche. Am Fenster standen eine Tigerzunge und ein Gummibaum. Bestimmt gab es auch eine Musiktruhe, einen Fernseher hinter Klapptüren, einen Wandteppich an einer Bambusstange und ein Regal mit zwei Metern Bertelsmann. So hatte es bei uns auch ausgesehen, zumindest bis der Alte die Koffer gepackt hatte.

Ich wagte einen zweiten Blick, und dabei entdeckte ich die drei Männer. Metzen saß mit dem Rücken zum Kamin und bot mir sein Profil dar. Der Graumelierte saß mir quasi gegenüber, hielt seine Brille in der Hand und polierte die Gläser mit einem weißen Taschentuch. Der dritte Mann saß mit dem Rücken zum Fenster. Außer einer üppig wallenden dunkelbraunen Mähne war von ihm nichts zu sehen. Und auf einmal überkamen mich Zweifel, ob X überhaupt ein Mann war. Von hinten betrachtet konnte es sich genausogut um eine Frau handeln.

Ich nahm die Yashica aus der Innentasche, die Beate mir geliehen hatte. Falls X sich umdrehen sollte, wollte ich bereit sein. Auf der Terrasse und erst recht im Wohnzimmer war es ziemlich düster, weshalb ich gerne eine längere Belichtungszeit gewählt hätte, aber das war bei dem kleinen Apparat nicht vorgesehen. Der ist vollautomatisch, hatte Beate gesagt. Ihr Wort in Gottes Ohr.

Drinnen wurde gequasselt und gequasselt. Ich verstand natürlich kein Wort, aber die erregten Gesten signalisierten einen heftigen Disput. Momentan war X an der Reihe. Eine Weile redete sie/er auf den Graumelierten ein, dann sagte sie/er etwas zu Metzen, wobei sie/er den Kopf ein wenig drehte. X hatte einen Dreitagebart. Also doch.

Plötzlich sprang X auf, lief ein paar Schritte durch den Raum, drehte um und kam zurück. Ich nahm die Yashica vors Gesicht und drückte ab. Die kleine Kiste funktionierte tatsächlich vollautomatisch, wenn auch anders als erwünscht. Sie hatte geblitzt, ohne daß ich dazu ein Kommando gegeben hätte.

Den Blitz hatten natürlich alle bemerkt. Metzen und der aus dem Rathaus schossen wie gezündet aus ihren Sesseln hoch, während X und ich uns einen Moment anstarrten wie zwei Elchbullen, die sich unvermutet im Busch begegnen. Dann stürzte er zur Terrassentür. Ich machte, daß ich wegkam.

Ohne mich noch mal umzublicken, sprintete ich über den Rasen ins schützende Dickicht. Fünfzig Meter jagte ich im Slalom zwischen den Bäumen hindurch, bevor ich erstmals stoppte und lauschte. Tatsächlich – Hundegebell. Die verdammten Viecher mußten im Haus gesteckt haben.

Welches Doping auch immer andere Sprinter bevorzugen – Ephedrin, Coffein oder sauerstoffangereichertes Eigenblut – ich steh auf Hundegebell. Nichts anderes setzt in mir ähnlich wirkungsvoll Energien frei. So war es auch diesmal.

Ich fegte durch den Busch und schickte pausenlos Stoßgebete nach oben, der Jägerzaun möge noch stehen. Das tat er auch, und trotzdem war es knapp. Ich turnte noch auf den morschen Latten herum, als unter mir zwei Rottweiler ihren hündischen Veitstanz aufführten. Auf der anderen Seite angekommen, machte ich ein Foto von den beiden und trollte mich.

Erst jetzt fand ich Zeit, mich darüber zu wundern, wer Mister X war. Am ehesten hatte ich damit gerechnet, daß er mir unbekannt sein würde, aber ganz im Gegenteil, ich kannte ihn. Zwar nicht persönlich, aber ich hatte ihn dutzendfach im Fernsehen und auf Titelbildern von Zeitschriften gesehen.

Mister X war nicht Barry Gibb, obwohl er mindestens so schön war und auch so ein Quietschstimmchen hatte. Nein, Mister X war niemand anders als Kuno, der Barde. Oder, wie er sich auch selbst nannte, die Stimme der Eifel.

Kapitel 16

Die Flüssigkeit war honigfarben.

Ich schnupperte. »Was ist das?«

»Pecher Mignon«, antwortete Frau Trimborn. »Pfirsich. Probieren Sie. Er ist sowohl köstlich als auch sehr bekömmlich.«

Ich kostete. Dafür, daß ich um Likör normalerweise einen Riesenbogen machte, war er ganz annehmbar. Das sagte ich ihr auch.

»Den bringt mir mein Neffe aus Luxemburg mit«, sagte sie. »Hier gibt es den nicht. Wenn Sie noch einen möchten, bedienen Sie sich.«

Ich mochte und füllte auch ihr Gläschen auf. »Zum Wohle.«

»Zum Wohle.« Sie nippte sehr damenhaft. »So – und nun spannen Sie mich nicht länger auf die Folter, junger Mann.«

Ich faßte kurz zusammen, wie der Vormittag gelaufen war. Mein Besuch bei Metzen, die Verfolgungsjagd, mein Eindringen bei Mister X und wie ich entdeckt wurde und entwischen konnte. Als Sahnehäubchen nannte ich ihr den Namen des Hintermannes. Ihr Baffsein hielt sich in engen Grenzen. Das enttäuschte mich ein wenig.

»Es wirkt prahlerisch«, sagte sie nach einem nachdenklichen Päuschen, »wenn man im nachhinein behauptet, das habe man sich gedacht. Aber glauben Sie mir, Kuno hatte ich tatsächlich in der engsten Wahl.«

»Verraten Sie mir, warum?«

»Wie Sie ja bereits wissen, entstamme ich einer alteingesessenen Münstereifeler Familie. Entsprechend sind meine Kontakte. Hier im Ort kenne ich jeden, und jeder kennt mich. Es gibt wenig, das mir verborgen bleibt, schon gar nicht, wenn es sich um Immobilien handelt. Nicht umsonst war mein verstorbener Gatte über zwanzig Jahre Vorsitzender des hiesigen Haus- und Grundbesitzervereins.« Sie hüstelte, und auch das tat sie ausgesprochen kultiviert. »Anfang letzten Jahres erwarb Kuno das ›Wirtshaus an der Rauschen‹ in der Heisterbacher Straße inklusive allen Inventars, namentlich der Sammlung unseres Holzbildhauers Ferdinand Müller. Er ließ das Haus vollständig renovieren und betreibt dort seit vergangenem Herbst ein Fischrestaurant.«

»Mit Fischen aus der Erft?«

»Sie werden lachen: Mein Mann hat aus der Erft noch Lachse geholt. Aber zurück zu unserem Thema. Noch während die Renovierungsarbeiten im ›An der Rauschen‹ im Gange waren, erfuhr ich, daß Kuno sich für den Erwerb eines weiteren Hauses in der Nähe des Werther Tores interessierte. Dort, wo sich derzeit ein Café namens T wie Theodor befindet, wollte er ein Steakhouse eröffnen. Das Café ist vom Stil her mehr etwas für junge Leute, aber ich war auch schon einmal da. Man ißt dort einen vorzüglichen Bauernsalat mit Schafskäse und Fladenbrot. Und gar nicht mal so teuer. – Wo war ich stehengeblieben?«

Noch verblüfft, sagte ich: »Kuno wollte das Café T übernehmen, um dort ein Steak –«

»Genau«, fiel mir Frau Trimborn ins Wort. »Aus irgendwelchen Gründen wurde man sich jedoch nicht handelseinig, vermutlich lag es am Preis, Genaueres ist mir jedoch nicht bekannt. Kaum hatte ich vom Scheitern seines Vorhabens erfahren, erhielt ich das erste Angebot von Metzen.«

»Den Barden zieht's an die Stadttore«, sagte ich. »Fisch hier, Steak da, fehlt nur noch was Vegetarisches. Als es um ihr Haus ging, hat Kuno sich völlig im Hintergrund gehalten. Warum? Aus Angst, Sie würden nicht verkaufen, wenn Sie wüßten, daß er der Interessent ist?«

»Vermutlich.«

»Warum mögen Sie ihn nicht? Liegt's an der Musik?«

»Unfug, ich habe sogar eine Platte von ihm. Nein, nein, er ist auch im allgemeinen sehr beliebt. Andererseits möchte man trotzdem nicht, daß er sich aufgrund seiner Popularität und Finanzkraft die besten Stücke aus dem Braten schneidet.«

»Filetneid.«

»Nennen Sie es, wie Sie wollen. Es tut keiner Gemeinschaft gut, von einigen wenigen dominiert zu werden. Dadurch wird sie anfällig und erpreßbar.«

Keine Frage, die alte Dame wußte, wie der Hase lief.

»Gibt's eigentlich ein viertes Tor, wo er es auch noch versuchen könnte?«

»Nein, es existiert zwar ein Durchbruch an der Langenhecke, aber die Gegend ist für seine Pläne ungeeignet. Ich denke, er wird auf meine Forderung eingehen, obwohl ich Metzen einen wahrhaft astronomischen Preis genannt habe.«

»Falls er noch nicht darauf gekommen ist, daß mein Besuch bei Metzen und Ihr Anruf kein Zufall waren.«

»Dazu bedürfte es einer gewissen Intelligenz«, sagte sie und leerte ihr Gläschen bis auf den allerletzten Tropfen. Ich war mir sicher, wäre sie allein gewesen, sie hätte es ausgeleckt. Kultiviert hin oder her. »Sehen Sie, beinahe hätte ich vergessen, Ihnen etwas zu sagen.«

»Was denn?«

»Kuno besitzt bereits seit mehreren Jahren ein zweites Haus in der Stadt.«

»Ist das für unseren Fall von Belang?«

»Ich denke schon.« Ihr Lächeln entbehrte nicht einer gewissen Süffisanz. »In dem betreffenden Haus wohnen zwei Parteien zur Miete. Eine Partei ist Martha Lingscheid.«

Sie hatte recht. Da erkannte sogar ich einen Zusammenhang.

*

Meine Kenntnisse der französischen Sprache beschränken sich darauf, Rotweinetiketten lesen zu können. Allerdings würde ich mich nicht als Weinkenner bezeichnen. Trotzdem hab ich im Laufe der Zeit das eine oder andere gelernt. Steht zum Beispiel »Cabernet Sauvignon« drauf, mag ich den Wein nicht.

Auf der Flasche, die ich augenblicklich in der Hand hielt, stand alles mögliche, nur nichts Vertrautes. Also sprach ich die Verkäuferin an.

»Wie schmeckt der?«

Die Lingscheid sah von dem Prospekt auf, den sie studierte, und musterte mich über den Rand ihrer Halbbrille, die sie an einer geflochtenen Kordel um den Hals trug. Bis auf ein grünstichiges Batik-Shirt steckte sie in denselben Klamotten wie Montag. Aus dem kleinen Lautsprecher über der Gemüseecke tröpfelte Joan Baez.

»Da ich keinen Alkohol trinke, kann ich Ihnen diesbezüglich leider keine Auskunft geben.«

»Wie verbringen Sie denn Ihre Abende?« hakte ich nach. »Mit 'nem Stück Dope aus der Wasserpfeife? Und dazu vielleicht 'n bißchen Kuno vom Plattenteller?«

Die Lingscheid strahlte mich an, als hätte ich sie zum Essen eingeladen. »Sie sind nur so grob, weil Sie sich selbst nicht leiden können. Lösen Sie Ihre persönlichen Probleme, und Sie werden dieses Getue nicht mehr nötig haben.«

Ich verstaute den Wein wieder im Regal und baute mich vor der Theke auf. »Gute Idee, eines meiner Probleme sind nämlich Sie. Sprechen wir doch noch mal über den Grund für Ihre Entlassung. Ich hab schon wieder vergessen, wieviel Lohnerhöhung Sie gefordert hatten. Ich meine, was hatte Kuno Ihnen gesagt, wieviel Sie fordern sollten?«

Zum erstenmal zeigte die Maske der Glückseligkeit Risse. »Ich fürchte, ich kann Ihnen nicht folgen. Und ich habe auch nicht die Absicht ...« Sie wollte hinter der Kassentheke hervor, aber ich verstellte ihr den Weg.

»Was haben Sie dafür kassiert? Einen Mietnachlaß? Oder gab's was bar auf die Kralle?«

»Lassen Sie mich vorbei.«

»Nicht bevor Sie meine Frage beantwortet haben.«

»Sie sollen mich vorbeilassen.«

»Beantworten Sie mir meine Frage, und Sie können gehen, wohin Sie wollen.«

»Lassen Sie mich sofort durch!«

»Erst die Antwort.«

»Ich schreie«, giftete sie mit der Anmut eines Tasmanischen Teufels. »Und Sie können mir glauben, ich kann sehr, sehr laut schreien.«

»Nur zu.«

Sie stellte sich tatsächlich in Positur, drückte die Knie durch, ballte die Fäuste, holte tief Luft und – in allerletzter Sekunde konnte ich ihr ein Sesambrötchen zwischen die Zähne schieben.

Ich hatte damit gerechnet, daß sie das Brötchen ausspucken und herumtoben würde, aber das war nicht der Fall. Sie blieb einfach stehen, wie sie stand, und erlitt einen Weinkrampf. Die Geräusche, die sie dabei produzierte, erinnerten mich an einen Seehund, der um Fisch bettelt. Um dem grotesken Theater ein Ende zu machen, wollte ich das Brötchen wieder herausziehen, aber sie verbiß sich darin.

»Zehn Eier, bitte«, sagte Rudi Carells Stimme hinter mir.

Ich fuhr herum. Der Mann mit dem Carell-Akzent war zirka eins achtzig, schlank und hatte hellbraunes Haar, das bis zur Bürste gestutzt war. Beide Ohren – die lächerlich klein waren, wie das seit Til Schweiger in Mode ist – waren mit goldenen Ringen bestückt. Sein Outfit bestand aus einem Jeansanzug und einem schwarzen T-Shirt. Er war um die dreißig und mir nur mäßig sympathisch.

»Zehn Eier«, wiederholte er.

»Sehen Sie welche?« fragte ich.

Er blickte sich um. »Da hinten.«

»Dann suchen Sie sich die schönsten aus. Hier haben Sie so 'n Pappding.«

Ich sah, daß er aus jeder der fünf Paletten zwei nahm, obwohl allein in der obersten genug gewesen wären. Vielleicht war er ja ein Connaisseur.

»Was hat die Frau?« fragte er, als er zurückkam.

Von Geplärr hatte die Lingscheid sich inzwischen auf Winseln verlegt. Aber noch immer durch das Brötchen.

»Sie macht 'ne Performance«, sagte ich. »Zehn Mark.«

»Für zehn Eier?«

»Ist Ihnen das zu teuer?«

»Woanders kosten sie höchstens sechzig Pfennig das Stück.«

»Dann geben Sie mir höchstens sechs Mark.«

Er zählte den Betrag aus einem Haufen Münzen ab, den er aus der Hosentasche gebaggert hatte. »Arbeitest du hier?«

Duzt du mich, duz ich dich. »Wonach sieht das für dich aus? Nach Urlaub?«

Er ging so grußlos wie er gekommen war.

»Grüß Beatrix von mir«, rief ich ihm nach.

Dafür zeigte er mir seinen erigierten Mittelfinger und vergaß, die Tür zu schließen.

Das besorgte ein Zwei-Meter-Mann mit mindestens zweieinhalb Zentnern Lebendgewicht, der unmittelbar darauf hereinkam. Er hatte ungefähr mein Alter und steckte in einem völlig verknitterten sandfarbenen Anzug, der an ihm herumschlabberte, als habe er ihn zu Hundertfünfzig-Kilo-Zeiten gekauft. Dabei war er, wie man an seinem länglichen Gesicht und seinen langen, schlanken Fingern erkennen konnte, kein Naturdicker. Die Fülle hatte er sich angefressen. Vermutlich aus Frust über seinen Scheißjob.

»Was ist hier los?« fragte Hauptkommissar Emmelmann mit Blick auf die Lingscheid.

»Sie hat den Mund zu voll genommen«, sagte ich.

»Dann helfen Sie ihr doch.«

»Sie bockt, wenn ich näherkomme.«

Emmelmann schob mich zur Seite und entfernte das Brötchen mit einem behutsamen, aber nachdrücklichen Ruck. Sofort warf sich die Lingscheid an seine Brust – aufgrund des Größenunterschieds hing sie mehr an seinem Bauch –, schluchzte wild und stammelte etwas von Erniedrigung.

Als sein Oberhemd so naß war, daß die Feinrippen des Unterhemds durchschienen, hatte Emmelmann die Nase voll. »Nun ist es aber gut, Frau Lingscheid. Jetzt reißen Sie sich mal zusammen und erzählen Sie mir in aller Ruhe, was vorgefallen ist.«

»Nichts«, sagte ich.

»Sie halten die Klappe!« Der Brüller war so laut, daß die Lingscheid einen Satz nach hinten machte. »Wir unterhalten uns später.«

Die Nase putzen durfte die Lingscheid sich noch, dann mußte sie ran. Leiernd und zugleich stockend berichtete sie, welches Unrecht ich ihr getan hätte mit meinen Unterstellungen, wo ihr der Laden doch ein zweites Zuhause und Josef Deutsch für sie wie ein Sohn gewesen wäre. Kuno erwähnte sie vernünftigerweise mit keinem Wort. Zum Schluß kam sie dann darauf, wie sie, mir ausgeliefert, um Hilfe rufen wollte und ich ihr in erniedrigender Weise ...

Der Rest ging in erneutem Gewinsel unter.

»Nun ist es aber gut«, knurrte Emmelmann. »Müssen Sie sich denn so gehen lassen?«

Sie mußte wohl, denn sie legte ein paar Phon zu und wollte wieder an Emmelmanns Bauch. Das unterband er allerdings energisch.

»Gehen Sie jetzt nach Hause«, sagte er. »Falls erforderlich, unterhalten wir uns später noch mal.«

Nachdem die Lingscheid durch die Tür war, kam Emmelmann mit gesenktem Kopf auf mich zu. Er hatte die Laune eines Nilpferdes mit Hodenquetschung. Ich beschäftigte mich intensiv mit den Zubereitungsmodalitäten von Dinkelnudeln ohne Ei. Er nahm mir die Packung aus der Hand und pfefferte sie in die hinterste Ecke.

»Ich habe Erkundigungen über Sie eingezogen«, bellte er. »Warum haben Sie mir verschwiegen, daß Sie bis vor wenigen Wochen bei der gleichen Firma waren?«

»Hätten Sie mich deswegen sympathischer gefunden?«

»Ich hätte jedem Ihrer Worte zutiefst mißtraut.«

»Sehen Sie, Sie sind voreingenommen. Das muß ich gespürt haben. Deswegen hab ich mich Ihnen auch nicht anvertraut.«

Er starrte mich an, als wollte er mich beißen. Dann entschied er wohl, ich sei unverdaulich, und beließ es bei dem, was er am besten konnte – Fragen stellen.

»Wie darf ich die Nummer verstehen, die Sie eben hier abgezogen haben? Schnüffeln Sie auf eigene Faust herum?«

»Hätten Sie was dagegen?«

»Ob ich was dagegen hätte?« Er holte Luft und blies sich zu einem Fesselballon auf. »In Bonn sagte man mir, Sie seien ein verdammt guter Ermittler gewesen, bis Sie Anfang dieses Jahres durchgeknallt sind. Können Sie sich noch erinnern, was Sie früher von Leuten gehalten haben, die Ihnen ins Handwerk pfuschen wollten?«

»Ich mochte sie nicht.«

»Und was hätten Sie am liebsten mit ihnen gemacht?«

»Sie gehörig in den Arsch getreten. Soll ich mich umdrehen?«

Darauf bestand er nicht, aber dafür durfte ich an seinem Zeigefinger riechen.

»Ich will Sie hier nicht wieder sehen«, sagte er sehr leise. »Kommen Sie mir nie wieder in die Quere. Und sollte mir zu Ohren kommen, daß Sie sich dennoch in welcher Form auch immer in dem Fall umtun, dann schwöre ich Ihnen, reiße ich Ihnen den Arsch bis zu den Ohren auf. Haben wir uns verstanden?«

»Klar doch, Kollege.«

»Unterstehen Sie sich, mich noch einmal Kollege zu nennen.«

»Auch klar«, sagte ich. »Darf ich denn Bulle sagen?«

Ich war zwar nicht sehr flink, aber flinker als er war ich allemal.

Kapitel 17

Weil ich Angst hatte, es sei noch Streuselkuchen da, kaufte ich drei Stücke Obstplunder. Eins zuviel, denn Gina war nicht mehr da.

»Hat sie nichts gesagt?« fragte ich Beate.

»Nur, daß sie zurück muß«, sagte sie. »Sie könne dieser Frau Sowieso nicht zumuten, die ganze Arbeit allein zu machen. Wir sollen sie aber auf dem laufenden halten. Ach so, die Telefonnummer sei sieben-drei-drei-sieben, soll ich dir ausrichten. Du wüßtest dann schon Bescheid. Das Diktiergerät liegt im Flur. Ich hab die Nummer mal aus Jux gewählt. Da meldet sich das ›Wirtshaus an der Rauschen‹.«

»Ich weiß. Der Laden gehört Kuno.«

»Meinst du Kuno, den Barden?«

»Ja, er ist unser Mister X.«

»Das glaub ich nicht!«

»Was heißt hier, das glaub ich nicht? Ich riskiere Kopf und Kragen, um das herauszufinden, und dann sagst du einfach, du glaubst das nicht.«

»Nun reg dich doch nicht gleich so auf.«

Beate tätschelte meine linke Hand. Die war zwar weiter weg als die rechte, aber in der rechten hielt ich die Kaffeetasse. »Wie hast du das rausgekriegt?«

Ich erzählte ihr von Metzen, von dem Graumelierten, der Viltz sein mußte, von Kuno, von Willy, von den zwei Rottweilern und nicht zuletzt von der Lingscheid und Emmelmann – einfach die ganze Geschichte. Beate war fasziniert, als plaudere James Bond aus dem Nähkästchen.

»Jetzt müssen wir eigentlich nur noch herausfinden, wer von

den dreien reiten kann und für den Tatabend kein Alibi hat«, sagte sie mit eiferglühenden Bäckchen.

»Oh, Mädchen, vergiß es. Nach Reiten sehen die alle drei nicht aus. Wenn sie überhaupt dahinterstecken, dann haben sie für den Job jemanden angeheuert. Typen wie die machen so was nicht selbst.«

Beate knickte ein wie unter einer Zentnerlast.

»Keine Panik«, sagte ich. »Wenn sie's waren, kommen wir ihnen auch drauf. Das geht nur nicht von heute auf morgen.«

»Wenn die Lingscheid gestehen würde, daß Kuno sie angestiftet hat, mehr Geld zu verlangen, als Josef ihr zahlen konnte, dann hätten wir doch einen Ansatzpunkt, oder nicht?«

»Von der Alten muß ich mich in den nächsten Tagen fernhalten, sonst krieg ich Ärger mit Emmelmann.«

»Wer sagt denn, daß du ihr auf die Pelle rücken mußt?«

»Gestern war die Kiste angeblich sogar für mich zu heiß, und heute willst du als Amateurin einsteigen. Du spinnst doch.«

»Mein Vorteil ist, daß mich niemand auf der Rechnung hat, Tom. Du dagegen bist – wie nennt man das noch bei Spionen? – verbrannt.«

»So fühl ich mich auch«, sagte ich.

Den Kaffee hatte ich selbst gekocht, aber trotzdem schmeckte er nicht. Ich stellte die halbvolle Tasse zur Seite.

»Teilen wir uns das letzte Stück?« Beate deutete mit ihrer Gabel auf den Plunder.

»Iß nur«, sagte ich und klemmte mir einen Zahnstocher zwischen die Zähne. »Damit du groß und stark wirst.«

»So stark wie du, was?«

»Hoyer«, plapperte ich plötzlich. »Adrian Hoyer. Ein Rechtsanwalt.«

»Was ist los?«

»In der Kassette war der Brief eines Anwalts namens Adrian Hoyer.«

»Ein Brief an Josef?«

»Nein, nein. Der Brief war adressiert an … an Jakob. Jawohl, an Jakob. Und es ging darum, daß Jakob Josef noch Geld aus der Erbschaft schuldet. Glaube ich zumindest«, schränkte ich ein.

»Hat Jakob nicht gesagt, er hätte Josef seinen Anteil vollständig ausbezahlt?«

»Hat er. Aber ich meine mich zu erinnern, daß in dem Brief stand, er hätte es eben nicht getan.«

»Kann es nicht sein, daß der Brief schon älter war und inzwischen überholt ist?«

»Auch das ist denkbar.« Ich schlug auf den Tisch. »Verdammt noch mal, wenn ich das doch nur wüßte.«

Beate sauste in den Flur und war Sekunden später mit dem Telefonbuch zurück. »Ist er aus Münstereifel?«

»Keine Ahnung.«

Sie blätterte, ließ den Finger die Eintragungen entlanglaufen und lachte plötzlich auf. »Rate mal, wo Hoyer seine Kanzlei hat.«

»Zwei Häuser weiter.«

Sie war enttäuscht. »Woher weißt du das?«

»Stimmt das etwa?«

Mit dem Daumen zeigte sie über ihre Schulter. »Er wohnt in der Villa vor dem Tor.«

»Wie wär's, wenn wir ihn überraschen?«

*

Hoyer hatte es gut. Wenn er wollte, konnte er von seinem Kanzleifenster aus den lieben langen Tag das Treiben an der schräg gegenüberliegenden BP-Tankstelle beobachten. Ein Traum für kleine Jungs, die sich für Autos interessieren. Nur daß Hoyer inzwischen ein großer Junge war.

Er maß locker eins neunzig, war sportlich, gutaussehend, Mitte dreißig und trug Hosenträger. Überhaupt sah er aus wie frisch dem Gilette-Spot entsprungen. Als er lächelte, bekam Beate weiche Knie.

»Zehn Minuten kann ich Ihnen einräumen«, sagte er. »Nehmen Sie doch Platz. Kaffee?«

»Nein, danke«, sagte ich. »Ich komm gleich zur Sache, wenn's recht ist. Es geht um den Mord an Josef Deutsch.«

»Eine entsetzliche Geschichte.«

»Waren Sie sein Anwalt?«

Er riß die Brauen hoch und machte einen spitzen Mund. »Haben Sie einen bestimmten Grund für Ihre Frage, Herr – äh?«

»Henschel«, sagte ich. »Wie der Laster. Wie ich schon sagte, ich bin der Stiefbruder von Frau Regina Echternach, der Verlobten von Herrn Deutsch. Frau Echternach bat mich, Ermittlungen anzustellen, da die Polizei bisher keine heiße Spur verfolgt.«

»Dann sind Sie Frau Echternach?« fragte er Beate und lächelte wie der Sonnenaufgang.

Schönheit hat ihren Preis. Ich hatte uns beim Hereinkommen vorgestellt. Sein Gedächtnis taugte nicht für fünf Minuten.

»Das ist Frau Nelles, die letzte Lebensgefährtin von Herrn Deutsch.«

Er stockte. »Sagten Sie nicht eben, Frau Echternach sei die –«

»Frau Echternach war die Verlobte, Frau Nelles war die Lebensgefährtin. So was soll vorkommen.«

»Natürlich.« Er stützte die Ellbogen auf die Sessellehnen und legte die Fingerspitzen zu einem Dach zusammen. Ein Auge kniff er zu, mit dem anderen blickte er mich über den Dachfirst an wie über den Lauf eines Schießprügels. »Tja – in der Tat. Ich habe Herrn Deutsch in juristischen Fragen beraten.«

»Ist es richtig, daß es zwischen den Brüdern Auseinandersetzungen wegen des elterlichen Erbes gab?«

»Verbinden Sie mit Ihrer Frage eine bestimmte Absicht?«

»Ich versuche herauszufinden, in welchem Kontext sich Herrn Deutschs Leben zum Zeitpunkt seiner Ermordung befand. Nicht mehr und nicht weniger.«

»Sie kannten ihn nicht sehr gut, wie?«

»Deswegen frage ich ja.«

Bis auf die Zeigefinger klappte er alle anderen Finger runter. Aus dem Dach wurde eine Pistole.

»Tja – ich weiß nicht recht, wie ich Ihnen helfen soll. Ihr sicherlich wohlmeinendes Interesse in allen Ehren, aber ich bin an meine Schweigepflicht gebunden, und die endet keineswegs mit dem Tod des Mandanten.« Hoyers Augen wanderten zwischen Beate und mir hin und her, als überlege er, wen er zuerst erschießen sollte. Da ich ihn nicht für schwul hielt, hatte ich wahrscheinlich die schlechteren Karten. »Außerdem sind da die Interessen der

Nachlaßnehmer zu berücksichtigen. Gibt es eigentlich ein Testament? Bei mir ist nämlich keines hinterlegt.«

»Soweit wir wissen, nicht.«

»Das hieße, Jakob Deutsch als Bruder wäre der alleinige Erbe.« Er ließ die Sache mit der Pistole bleiben und hakte die Daumen statt dessen hinter den Hosenträgern ein. »Sein Einverständnis würde ich zumindest benötigen, bevor ich Ihnen –«

»Das ist absurd«, haute ich dazwischen. »Wenn es sich verhält, wie wir annehmen, wird Jakob Deutsch den Teufel tun, uns Informationen zugänglich zu machen, die ihn belasten könnten.«

»Tja – was soll ich Ihnen sagen? So ist nun mal die Lage.« Ein Blick auf seine IWC ließ ihn aufspringen. »Ich bedaure sehr, aber meine Zeit ist limitiert, Herr – äh?«

Wir fanden selbst hinaus.

Kapitel 18

Engelgau

Von Westen quollen gewaltige blauschwarze Wolken heran, und die Luft war drückend und dick wie Melasse. Um nicht zu ersticken, fuhren wir mit runtergekurbelten Seitenscheiben. Trotzdem schwitzte ich, während Beate frühlingsfrisch aussah.

»Nur mal angenommen«, sagte sie, »Jakob hätte Josef wirklich noch Geld geschuldet, würdest du ihn deswegen automatisch zum Kreis der Tatverdächtigen rechnen?«

»Erst mal zählt jeder dazu.«

»Selbst der eigene Bruder?«

»Sei doch nicht naiv. Brudermord gibt's seit Kain und Abel.«

Ein erster Riesentropfen klatschte mir auf den Ellbogen, derart wuchtig und lautstark, daß ich im ersten Moment dachte, jemand hätte mich mit einem Kuhfladen beworfen. Dann zerplatzten einzelne Tropfen auf der Haube und dem Dach, und von einer Sekunde auf die andere ging's zur Sache. Blitz und Donner waren eins, dazu goß es wie aus Kübeln. Wir hatten Mühe, rechtzeitig die Scheiben hochzukriegen.

Mit eingeschaltetem Licht und hektisch arbeitenden Scheibenwischern krochen wir dahin.

»Ich seh so gut wie nichts«, rief Beate.

»Brauchst du auch nicht, ich fahr ja.«

Die Zufahrt zum Hof Deutsch hatte sich in einen reißenden Wildbach verwandelt. Ich lenkte den Golf mitten hinein und brauchte nur Kurs zu halten, denn die Fluten spülten uns zwischen den musealen Ackergeräten hindurch bis an die Seite des Bulldog.

Der Hof stand nicht unter Wasser, hier mußte es eine funktionierende Kanalisation geben.

Ich drehte den Lichtschalter auf off, und in der verbleibenden Millisekunde, bis die Scheinwerfer verloschen, sah ich am Rand des Lichtkegels einen Mann in einem Jeansanzug über den Hof huschen. Sofort ging ich wieder auf Abblendlicht, aber da war er bereits verschwunden.

»Das war dieser Holländer«, sagte ich. »Was macht der denn hier?«

»Was für ein Holländer?«

»Bleib hier. Ich bin gleich wieder da.«

»Du kannst bei dem Wetter doch nicht –«

Ich hätte auf sie hören sollen, denn nach fünf Metern war ich naß bis auf die Haut. Bis ich das schützende Dach des langgestreckten Nebengebäudes erreicht hatte, lief mir das Wasser bereits zwischen den Arschbacken durch. Wie gewohnt erwiesen sich die Hush-Puppies als Schwämme. Von dem Holländer war nichts zu sehen.

Ich schlich an dem Gebäude entlang bis zu einem doppelt mannshohen Schiebetor. Es war unverschlossen und ließ sich ohne großen Kraftaufwand öffnen. Ein Dutzend Neonröhren beleuchteten einen riesigen John Deere, einen noch größeren Schlüter und eine Reihe nasser Schuhabdrücke. Ich folgte der Spur bis zu einer Eisentür, die in die Seitenwand eingelassen war. Auch hier war kein Riegel vorgelegt. Ich zog sie auf und stand in einer Turnhalle voller Hühner.

Den Eindruck einer Turnhalle vermittelten die schieren Abmessungen des Raumes und die Tatsache, daß hier und da Klettergeräte aufgebaut waren. Von der Decke baumelten in regelmäßigen Abständen Heizsonnen. Der Boden war mit Stroh und Sägespänen bedeckt. An manchen Stellen, wo die Auflage etwas dicker war, waren Mulden ausgebildet. Überall saßen, pickten, gackerten und flatterten Hühner. Außerdem war da noch der Holländer. Er klaute gerade einer empörten Henne zwei Eier aus ihrem Nest. Mich bemerkte er erst, als ich unmittelbar hinter ihm stand. Erschreckt schoß er in die Höhe.

»Daß ihr Holländer Tulpendiebe seid, ist ja bekannt«, sagte ich. »Aber daß ihr auch Eier klaut, ist mir neu.«

»Der Mann aus dem Laden«, sagte er gedehnt. »Machst du hier auch eine Performance? Oder bist du die Security?«

»So was ähnliches. Heute morgen zehn, jetzt zwei, was willst du mit all den Eiern?«

»Die brauche ich für ein Omelette surprise.«

Er war dreist und frech, und ich hätte ihm gerne was aufs Maul gegeben. Ich hielt mich aber zurück, weil ich wissen wollte, warum er hier die Hühner bestahl. Denn es konnte unmöglich Zufall sein, daß er am gleichen Tag in Josef Deutschs Ökoladen und auf Jakob Deutschs Hof auftauchte. Ich versuchte es mit einem Appell an seine Vernunft.

»Beantwortest du meine Fragen, stehen deine Chancen gut, hier mit allen Zähnen rauszukommen. Kooperierst du nicht, bring ich dich zum Chef, und da gibt's unter Garantie die Fresse voll. Du hast die Wahl.«

Ich hätte wissen sollen, daß es noch einen dritten Weg gab, und den wählte er. Er schleuderte mir nämlich die beiden Eier ins Gesicht und spurtete los. In Anbetracht des Bodenbelags verfügte er über das eindeutig bessere Schuhwerk. Die Siegesgöttin gegen ein Paar triefäugige Bassets, da war klar, wie das ausgehen mußte. Ich hatte gerade die Klinke der Eisentür in der Hand, als er bereits durch das Schiebetor entwischte. Frustriert, weil ich die Sache völlig falsch angepackt hatte, lehnte ich mich gegen den Vorderreifen des Schlüter und klaubte mir die Eierschalen von der Oberlippe. Keine zwei Monate war ich aus dem Job, und schon hatte ich alles verlernt.

Das Tor wurde schon wieder bewegt. Diesmal war es Beate.

»Gott sei Dank, dir ist nichts passiert.« Sie berührte meine Wange. »Was ist das? Eigelb?«

»Blöde Hühner«, schimpfte ich. »Ach was, mein Fehler. Warum bist du nicht im Auto geblieben?«

»Als ich den Kerl weglaufen sah, dachte ich, er hätte dich zusammengeschlagen oder Schlimmeres. Ist er einer von Jakobs Männern?«

»Das auf keinen Fall. Er dachte, ich arbeite hier als Wachmann. Aber ein gewöhnlicher Eierdieb ist der auch nicht.«

»Wo ist er dir denn schon mal begegnet?«

Ich berichtete, daß der Holländer im Ökoladen gewesen war, wo er zehn Eier von fünf verschiedenen Paletten gekauft hatte.

»Vielleicht ist er ein Kontrolleur«, sagte Beate.

»Nein, nein, da steckt was anderes dahinter. Komm, wir gehen rüber. Aber vorerst keinen Ton zu Jakob.«

Der Wolkenbruch war Geschichte, es tröpfelte nur noch. Ich ließ Beate den Vortritt, riß sie aber sofort wieder zurück.

»Was soll das?« beschwerte sie sich.

Ich zeigte auf einen anthrazitfarbenen Jaguar, der mit eingeschalteten Nebelscheinwerfern auf den Hof gerollt kam. Die Fahrertür schwang auf, ein Schirm wurde rausgestreckt und öffnete sich automatisch. Dann turnte der Fahrer heraus. Er maß locker eins neunzig, war sportlich, gutaussehend und strahlte, als habe ihn Claudia Schiffer zu Tee, Gebäck und mehr geladen. Diesmal bekam Beate keine weichen Knie, im Gegenteil.

»Was grinst denn der so blöde?« fragte sie.

»Er riecht Geld«, sagte ich, und, als Hoyer im Haus verschwunden war: »So, jetzt können wir.«

»Das könnte euch so passen«, sagte eine schnarrende Stimme hinter uns. »Pfoten hoch und keine Faxen!«

Kapitel 19

Ich tippte auf Mistgabel, weil ich vier Druckpunkte auf gleicher Höhe spürte. Ein kurzer Schulterblick verschaffte mir Gewißheit. Dabei erhaschte ich auch einen Blick auf unseren Häscher. Er war jenseits der Siebzig, hatte eine Säufernase und kaute auf einem kalten Stumpen herum. Gekleidet war er in Landestracht: Gummistiefel, blauer Arbeitsanzug, Treckerfahrermütze.

»Keine Faxen!« wiederholte er. »Langsam das Tor auf und dann voran. Das Fräuleinchen zuerst.«

In Beates Gesicht las ich eine ähnliche Belustigung, wie ich sie auch verspürte. Sicher, die Mistgabel war real und die Zinken bestimmt nicht desinfiziert, aber die komödiantenhafte Stimme des alten Mannes und die Vorstellung, welches Bild unser Trio beim Gang über den Hof abgeben mochte, ließen mich grinsen.

Mit wiederholten Stupsern in Höhe der Schulterblätter bugsierte er mich zum Wohnhaus. Während ich am Fuß der Treppe stehenbleiben mußte, scheuchte er Beate die Stufen hoch, damit sie läutete.

Es dauerte knapp zehn Sekunden, bis Jakob persönlich öffnete. Er war sichtlich irritiert.

»Was ist denn hier los?«

»Die beiden hab ich in der Remise erwischt«, sagte der Alte.

»Erwischt? Wobei erwischt?«

»Wir haben uns untergestellt«, sagte ich. »Wenn auch zu spät.«

»Wolltet ihr zu mir?« Erst jetzt schien Jakob zu bemerken, daß ich bedroht wurde. »Mensch, Hermann, nimm doch die Mistgabel runter. Das sind Bekannte.«

»Trotzdem waren sie in der Remise«, knurrte der Alte.

»Das hast du gut gemacht«, sagte Jakob. »Aber jetzt ist es vorbei, okay?«

»Denn mal 'nen schönen Feierabend«, sagte der Alte, legte die Hand an die Mütze und trottete davon.

»Ihr kommt ein wenig ungünstig«, sagte Jakob und rieb sich die Hände. »Ich bin gerade in einer Besprechung, und meine Mitarbeiter sind schon alle nach Hause, sonst hätte ich euch mal den Hof zeigen lassen. Ihr hättet besser angerufen.«

»Wieviel verlangt Hoyer dafür, daß er die Durchschläge aus seinen Akten verschwinden läßt?«

»Hä?«

»Du hast Gina und mich angelogen, Jakob. Josef steht aus der Erbschaft noch ein erheblicher Betrag zu. Er wollte dich sogar verklagen, während du mir erzählt hast, alles sei geregelt.«

»Ich fürchte, da liegt ein Mißverständnis vor. Am besten, ihr kommt rein, dann können wir das in aller Ruhe bereden.« Er ließ uns durch. »Eure Schuhe könnt ihr gleich hier lassen. Ich gebe euch Filzpantoffel.«

Ich zog sogar meine Socken aus, verzichtete aber auf die Pantoffeln, weil das Haus Fußbodenheizung hatte. Beate entschied sich für die Latschen und schlurfte stockend neben mir her, als habe sie ihre Langlaufski verwachst.

Jakob führte uns zu einer hydrokulturbegrünten Besprechungsecke unter der Wendeltreppe. Praktischerweise standen dort vier Sessel. Den einzigen, von dem aus man ohne den Kopf zu drehen aus dem Fenster sehen konnte, hatte Hoyer belegt. Er machte einen etwas betrübten Eindruck, als vermisse er seine Tankstelle.

»Die Honneurs können wir uns wohl sparen«, sagte Jakob. »Nehmt Platz.«

»Gibt's irgendwo ein Handtuch, mit dem ich mir die Haare trockenrubbeln kann?« fragte Beate.

»Selbstverständlich. Entschuldige, daß ich nicht daran gedacht habe. Oben im Bad. Möchtest du dich auch ein wenig trockenlegen, Tom?«

»Nein.« Ich setzte mich und blickte Beate nach, wie sie die Treppe hochstieg. Sie trug ein rotes Höschen unter ihrem Rock.

»Ich höre«, sagte ich. Dann klatschte ich in die Hände, weil Hoyer noch immer nach oben starrte. »Sie sollten auch zuhören, Herr Anwalt mit Schweigepflicht. Herr Deutsch wird jetzt ein Mißverständnis aufklären.«

»Zunächst einmal würde mich interessieren, woher du von der angeblichen Streitsumme zwischen Josef und mir erfahren hast«, sagte Jakob. Er und Hoyer hatten Sherrygläser vor sich auf dem Tisch, mir wurde nichts angeboten.

»Gina erinnerte sich, daß dein Bruder in seinem Keller eine Stahlkassette mit privaten Papieren aufbewahrte. Die hab ich ausgegraben und darin unter anderem einen Brief dieses verschwiegenen Anwalts hier entdeckt, in dem er dir mit Klage drohte, solltest du die Streitsumme nicht bis was weiß ich wann überweisen.«

»Hast du den Brief dabei?«

»Er wurde mir gestohlen. Zusammen mit den anderen Unterlagen.«

»Das ist ja interessant. Wann ist das denn passiert?«

»Noch im Keller, während ich ihn zum zweitenmal las.«

»Willst du damit sagen, du bist im Haus meines Bruders überfallen und beraubt worden? Von wem?«

»Den Täter hab ich nicht gesehen. Ich wurde niedergeschlagen.«

»Hast du Anzeige erstattet?«

Ich verneinte.

»Das dachte ich mir. Wie ich inzwischen erfahren habe, bist du gar nicht mehr bei der Kripo, Tom. Du bist entlassen worden.«

»Wir haben uns in gegenseitigem Einvernehmen getrennt.«

»Das ist dasselbe, nur liest es sich besser.«

»Was soll mein Weggang von der Kripo mit dem Raub zu tun haben?«

Jakob setzte sich sehr bequem und verschränkte die Hände vor dem Bauch. »Ich kann mich des Eindrucks nicht erwehren, daß du den Mord an meinem Bruder dazu benutzen willst, deine Wiedereinstellung zu erwirken. Stell dir vor, du würdest diesen Fall lösen, an dem deine ehemaligen Kollegen sich die Zähne ausbeißen. Ich könnte mir keine bessere Referenz vorstellen. Was meinen Sie dazu, Doktor Hoyer?«

Hoyer guckte wie aus dem Bett geholt. »Hört sich plausibel an.«

»Was ihr beiden denkt, interessiert mich einen Windelschiß«, sagte ich. »Ich war dabei, wie Josef aufgespießt wurde. Noch nie hab ich etwas derartig Heimtückisches und Brutales gesehen. So ein Verbrechen muß aufgeklärt werden. Wenn ich was dazu beitragen kann, dann tu ich das.«

Jakob schüttelte den Kopf. »Deine Argumente überzeugen mich nicht, Tom. Das klingt alles so – edelmütig. Und bei Edelmut werde ich immer ganz besonders mißtrauisch. Meist steckt nämlich ganz was anderes dahinter.«

Recht hatte er, so war das ja auch bei mir. Aber die wahren Gründe gingen ihn nun mal rein gar nichts an.

»Ich bin nicht gekommen, um meine Motivation zu diskutieren«, sagte ich. »Mich interessiert mehr, warum du Gina und mich belogen hast, als wir dich nach der Erbschaft gefragt haben.«

»Hab ich das?« fragte er sich selbst und gab gleich darauf die Antwort. »Ich denke, das habe ich nicht.«

»Haben Sie ihm mit Klage gedroht, ja oder nein?« fragte ich Hoyer.

»Ich fürchte, ich bin nach wie vor nicht befugt –«

»Geben Sie Herrn Henschel ruhig Auskunft, Doktor Hoyer«, mischte Jakob sich ein. »Meinerseits gibt es keinerlei Einwände.«

»In der Tat«, ließ Hoyer sich sehr gedämpft vernehmen. Dabei rutschte er in seinem Sessel hin und her und schaute gequält, als leide er an Afterjucken. So jung und so schön und doch Hämorrhoiden. »Aus den Unterlagen, die Herr Josef Deutsch mir vorlegte, ging hervor, daß eine Anspruchsberechtigung auf einen Betrag aus dem elterlichen Erbe existierte. Wie letztendlich ein Gericht im Klagefall entschieden hätte ... « Statt den Satz zu Ende zu bringen, zuckte er die Achseln.

»Du siehst, ich spiele mit offenen Karten«, sagte Jakob.

»Erklär mir das Spiel«, sagte ich. »Was stimmt nun? Was er gerade gesagt hat, oder was du Gina und mir erzählt hast? Beides kann nicht stimmen.«

»In dem Fall doch, Tom, so unwahrscheinlich es auch klingen mag. Die Übernahme des Hofes und die Aufteilung des Erbes war eine sehr komplexe und vielschichtige Angelegenheit. Die einfachste Lösung wäre gewesen, wir hätten den Hof verkauft und den Erlös geteilt. Aber der Hof sollte ja weitergeführt werden, wie unser Vater das gewünscht hatte, wenn auch unter anderen, ökologischen Vorzeichen.«

»Hast du deinen Bruder nun ausbezahlt oder nicht?«

»Ja und nein. Hätte ich ihm die fast zwei Millionen sofort gegeben, hätte ich den Hof auch gleich der Bank schenken können. Josef wußte das, und so haben wir gemeinsam überlegt und eine andere Verfahrensweise vereinbart. Ich habe ihm überwiesen, was ich konnte, das waren damals knapp zweihunderttausend, damit er seinen Laden eröffnen konnte, und für die Restsumme hat er Anteile an der ÖEE erhalten.«

»Das klingt wunderbar harmonisch. Wie kam es bei Josef zum Sinneswandel?«

»Er hat die Finanzkraft der ÖEE völlig falsch eingeschätzt. Unsere Vereinbarung sah vor, daß er sukzessive, analog dem Wachstum der Gesellschaft, seine Anteile in Barmittel umwandeln konnte. Das ging in den ersten beiden Jahren überhaupt nicht, weil sämtliche Überschüsse investiert werden mußten, und in diesem Jahr hätte ich ihm maximal fünfzigtausend auszahlen können. Das war Josef zuwenig, zumal er mit seinem Laden in Schwierigkeiten steckte. Da wollte er klagen.«

»Was die ÖEE ruiniert hätte.«

»Blödsinn. Solche Prozesse dauern Jahre, wenn nicht Jahrzehnte.«

»Ein schwebendes Verfahren hätte sich aber unvorteilhaft auf den geplanten Börsengang ausgewirkt, hab ich recht?«

»Förderlich fürs Image wär's bestimmt nicht gewesen.«

»Ein wunderbares Motiv.«

»Jetzt hör aber auf, ja?« schnauzte Jakob. »Mein Bruder ist noch nicht einmal unter der Erde.«

Beate kam die Stufen herunter. Sie trug einen weißen Bademantel, der ihr vier bis fünf Nummern zu groß war.

»Den hab ich mir mal geliehen«, sagte sie. »Mein Kleid war völlig durchweicht. Ich hoffe, du hast nichts dagegen?«

»Natürlich nicht«, sagte Jakob.

»Da wir schon mal so offen und ehrlich miteinander sind«, sagte ich, »wo warst du eigentlich an dem Abend, als dein Bruder ermordet wurde?«

»Muß ich ihm diese Frage beantworten, Doktor Hoyer?«

»Selbstverständlich nicht.«

»Da hörst du's.« Jakob kniff für einen Moment die Lippen zusammen. »Ich werde es trotzdem tun, um deinen Hirngespinsten ein für alle mal den Nährboden zu entziehen. Ich war hier, hier im Haus.«

»Allein?«

»Nein, ich habe einen Zeugen. Genauer gesagt, eine Zeugin.«

»Hat die Person auch einen Namen?«

Jakob steckte seine Hand unter Beates Bademantel. Als sie in ihrem Schritt angekommen sein mußte, sagte er: »Beate Nelles. Zuerst haben wir auf der Couch gevögelt, später im Whirlpool und schließlich im Bett. Sie war die ganze Nacht bei mir. Stimmt's, meine Kleine?«

Ich lief rot an. Beate auch. Bei mir war es Wut, zumindest redete ich mir das ein.

Als sich unsere Blicke trafen, schrie sie: »Was glotzt du so? Ja, er hat recht. Wir haben die ganze Nacht gevögelt. Geht dich das etwas an?«

Ich stand auf und ging, bevor ich eine Dummheit begehen konnte. Zum Beispiel, Jakob zusammenzuschlagen.

Erst auf der Autobahn merkte ich, daß ich meine Schuhe vergessen hatte.

Kapitel 20

Kyllburg

Wir hatten gewechselt, jetzt schob Gina den Rollstuhl.

»Ist es eigentlich statthaft,« fragte ich, als wir am Hotel Eifeler Hof vorbeispazierten, »daß Kyllburg sich weiterhin Kurort nennt, obwohl das Kurhotel dichtgemacht hat?«

Gina lachte auf. »Eine gute Frage. Die solltest du mal dem Bürgermeister stellen. Dabei ist das eigentlich gar nicht lustig. Hier geht alles den Bach runter.«

»Nur weil der Schuppen pleite ist?«

»Wenn das erste Haus am Platz schließen muß, ist höchste Alarmstufe angesagt. Außerdem schadet das dem Image. Alle, die hier vorbeigehen, gucken in tote Fenster. Und was noch schlimmer ist – sie erzählen's weiter. So hat das bei jeder Geisterstadt angefangen.«

»Nun übertreib mal nicht.«

»Ich weiß, ich laß mich im Augenblick ziemlich hängen. Aber ich hab auch eine totale Panik vor morgen.«

»Wir werden das schon packen. Wann ist die Trauerfeier?«

»Um elf.«

Wir waren am Ende der Hochstraße angelangt.

»Linksrum, rechtsrum, geradeaus?« fragte ich.

»Laß uns umkehren. Es sieht nach Regen aus, und Sophie hat keine Jacke dabei.«

Beim Wenden des Rollstuhls sahen wir, daß das Mädchen eingeschlafen war. Ich zog meinen Pulli aus und legte ihn ihr um die Schultern.

»Wie ein Moment der Unachtsamkeit oder des Leichtsinns eine ganze Familie kaputtmachen kann«, sagte Gina. »Helmut ist tot, Sophie sitzt stumm im Rollstuhl, Marianne ist von heute auf morgen zu einer alten Frau geworden, und Hans hängt an der Flasche.«

»Ihn hab ich ein oder zweimal gesehen, als er die Kleine abgeholt hat. Daß er säuft, merkt man ihm gar nicht an.«

»Er hat schon immer gerne einen gehoben, zumal er auch im Schützenverein ist, aber Marianne sagt, inzwischen trinkt er jeden Abend bis zur Besinnungslosigkeit. Auf der Arbeit haben sie ihn schon abgemahnt, weil er morgens noch blau war. Mariannes größte Panik ist, daß er seinen Job verliert.«

»Wo arbeitet er denn?«

»Im Eifelwerk.«

»Was stellen die her?«

»Autozubehör. Kabel und so was.«

Wir wählten den Weg am Rathaus vorbei, weil der Anstieg die Kastellstraße hoch weniger steil war. Außerdem konnten wir so auf dem Bürgersteig bleiben.

»Was war denn vergangene Nacht mit dir los?« fragte Gina.

»Wie?« Ich schämte mich sofort, obwohl ich nicht die leiseste Ahnung hatte, was ich angestellt haben könnte. Manchmal verfluchte ich meine katholische Erziehung.

»Du hast geschrien. Mehrfach.«

»Lauschst du etwa an meiner Tür?«

»Das war nicht nötig. Ich hab dich vom Garten aus gehört.«

»Was hast du denn nachts draußen zu suchen?«

»Ich konnte nicht schlafen. Da bin ich rausgegangen und hab 'ne Zigarette geraucht.«

Mir war, als hätte mich ein Maultier getreten. Diese Gesundheitsapostelin qualmte!

»Du rauchst? Auf Lunge? So richtig bis unten?«

»Nun mach nicht so 'n Gesicht, die Leute denken ja, du wärst meschugge«, sagte Gina. »Ich rauch schon immer. Aber nur bei Schlafstörungen. Dabei hab ich dein Gebrüll gehört. Ich hatte schon Sorge, du weckst die Gäste.«

»Ich weiß von nichts. Muß wohl 'n schlechter Traum gewesen sein. Konntest du verstehen, was ich geschrien hab?«

»Du hast mehrfach ›Nein!‹ geschrien, und dann hab ich so was Ähnliches wie ›Rosenberg‹ verstanden. Sagt dir das was?«

»Überhaupt nicht«, log ich.

Ich übernahm das Schieben und sagte, nicht zuletzt, um das Thema zu wechseln: »Die einzige Chance, in unserem Fall voranzukommen, seh ich darin, daß ich noch mal mit der Lingscheid rede. Zur Not auf die harte Tour.«

»Die rennt doch sofort zu Emmelmann und beschwert sich. Und dann bist du dran.«

»Hast du 'ne bessere Idee?«

»Wollte Beate ihr nicht –«

»Hör mir bloß mit der auf«, fiel ich ihr ins Wort. »Die krumme Kuh. Guckt die ganze Zeit zu, wie ich Indizien gegen Jakob sammle, um mich zum Schluß mit ›Ätsch-bätsch, ich bin sein Alibi‹ zu verarschen.«

»Ist das wirklich der einzige Grund?«

»Ich weiß nicht, was du meinst.«

»Wie wäre es mit Eifersucht? Beate hat dir gefallen, das hab ich doch gesehen.«

»Wenn du wüßtest, wer mir alles gefällt. Außerdem ändert das nichts an den Fakten.«

»Du glaubst doch nicht ernsthaft, daß Jakob Josef umgebracht haben könnte?«

»Ich glaub überhaupt nichts«, sagte ich.

Der Rollstuhl mit dem Kind war eigentlich nicht schwer, und die Steigung hielt sich in Grenzen. Aber wenn man trinkt, doppelte Portionen frißt und nachts herumbrüllt, dann ist man eben nicht in Form. Ich beschloß, bei Gelegenheit darüber nachzudenken, wie ich mein Leben ändern könnte. Andere Leute hatten das schließlich auch gepackt. Siehe Joschka Fischer.

In den Parktaschen kurz vor dem Gipfel stand ein Reisebus mit laufendem Motor und qualmte wie ein Kohlekraftwerk. Als wir an der Tür vorbeikamen, rief ich dem Fahrer zu, er solle gefälligst den Motor ausmachen. Er schien mich nicht zu verstehen, denn er machte ein fragendes Gesicht und sagte irgendwas auf Flämisch. Ich hielt mir die Nase zu und machte die Geste für Schlüsseldrehen. Endlich kapierte er und stellte die Maschine ab.

Zehn Meter weiter drehte ich mich noch einmal um. Der Bus hatte das Kennzeichen VH-39-FX. Plötzlich sah ich mich im Keller von Josef Deutschs Haus vor der Stahlkassette stehen und eine Liste mit mysteriösen Abkürzungen in der Hand halten.

Abkürzungen, die nichts anderes waren als niederländische Kfz-Kennzeichen.

Kapitel 21

Bad Münstereifel

Dafür, daß die Kirche dem heiligen Donatus gewidmet war, lief es ausgesprochen beschissen. Schon auf dem Weg nach Münstereifel hatte es geschüttet, daß ich mich fragte, ob das Weltklima bereits derart durcheinander war, daß die Eifel neuerdings vom Monsun heimgesucht wurde. Entsprechend zurückhaltend mußten wir fahren und kamen erst auf den letzten Drücker an.

Jetzt saßen wir in der Jesuitenkirche, und über uns donnerte und krachte es, daß der Pastor ein paarmal nach oben guckte, ob er gemeint war. Wäre es nach mir gegangen, wäre ich ganz hinten geblieben, aber Gina hatte mich gebeten, nicht von ihrer Seite zu weichen, und so hatte ich neben ihr in der ersten Reihe links Platz genommen. Erste Reihe rechts saßen Jakob und Beate und eine Tante der Deutschs aus Hamburg-Harburg. Wir hatten uns vor dem Portal kurz und mit der Herzlichkeit verfeindeter Erbschleicher begrüßt.

Dem Sarg wie den Blumenarrangements sah man ihren Preis an. Eine Beteiligung Ginas hatte Jakob abgelehnt, dabei hätte sie gerne einen Teil übernommen, nicht zuletzt, um bei der Auswahl der Blumen ein Mitspracherecht zu haben. So dominierten gelb, orange und rot.

Die Trauergemeinde war klein und bestand zu einem großen Teil aus älteren, sehr routiniert wirkenden Damen, die wahrscheinlich keine Beerdigung ausließen, darunter auch Frau Trimborn.

Gina trug ein schwarzes Kostüm, das sie sich extra in Trier besorgt hatte, und einen Hut mit Schleier. Zu ihrer Überraschung besaß auch ich anlaßkonformes Outfit: einen anthrazitfarbenen Anzug, ein schwarzes Hemd und eine schwarze Krawatte. Für alle Fälle hatte ich die Sonnenbrille aufgesetzt.

Eine Zeitlang ging es gut, dann begann Gina still zu weinen. Ich reichte ihr ein Taschentuch und legte ihr den Arm um die Schultern. Nach einer Weile faßte sie sich wieder. Unterdessen zählte ich die Beichtstühle. Es waren fünf. Da wurde hinter den putzigen Fassaden doch mehr gesündigt, als man zunächst vermutete.

Die Predigt war schlecht einstudiert und so untröstlich wie die Übertragung eines Länderspiels. Daß der Pastor sie wer weiß wie in die Länge zog, machte sie auch nicht besser. Die Räusperer mehrten sich. Ich tippte, daß er auf Zeit spielte, um nicht im Regen auf den Friedhof zu müssen.

Mochte er als Seelsorger auch eine Pfeife sein, als Meteorologe war er Spitze. Als wir schließlich vor die Kirche traten, lachte die Sonne, daß das Pflaster dampfte. Der Sarg wurde mit einem schwarzen VW-Bus transportiert. Wer schlecht zu Fuß war, fuhr selbst oder ließ sich chauffieren. Der Rest ging per pedes.

Der Friedhof lag unmittelbar neben der auf Betonstelzen geführten Umgehungsstraße. Das Summen des Verkehrs war gegenwärtig wie ein Schwarm Hornissen. Wie man hier seine letzte Ruhe finden sollte, war mir schleierhaft.

Als wir ankamen, war der Sarg bereits eingetroffen. Ebenso der Pastor, der besorgte Blicke zum Himmel schickte. Ohne auf die fußkranken Alten zu warten, fing er an.

Wir standen etwas abseits. Gina war vorangegangen, ich war ihr gefolgt. Um mich abzulenken, las ich die Namen auf den umliegenden Grabsteinen. Josefs unmittelbare Nachbarn hießen Ida und Gerhard Fuchs. Ich wünschte ihnen, daß sie sich vertrugen.

Mein Blick wanderte den Stamm des Baumes hoch, neben dem wir standen. Ich registrierte das angenagelte Vogelhäuschen, ich sah die Blätter – und schlagartig blieb mir die Luft weg.

Wir standen neben einer Blutbuche!

»Oh nein, nicht schon wieder«, stöhnte ich und preßte die Handballen gegen die Schläfen, als ließe sich so der Film stoppen, der vor meinem inneren Auge anlief.

Zu spät.

Die Kamera folgte ihr den Flur entlang und in das Zimmer. Sie ging auf das Fenster zu, öffnete die Flügel und stieg auf die Fensterbank. Umschnitt.

Von außen fuhr die Kamera das Gebäude hoch. Zweiter Stock, dritter Stock, stop.

Sie lehnte bereits aus dem Fenster, ihre langen blonden Haare bewegten sich im Wind.

Ihr Blick war in die Ferne gerichtet, auf einen Punkt, den nur sie wahrnehmen konnte. Sie war völlig ruhig, gelassen und ohne Furcht. Ich glaube, in der Sekunde, bevor sie sprang, lächelte sie sogar.

Sie fiel schneller, als die Kamera ihr folgen konnte. Als das Objektiv sie wieder erfaßte, hing sie über dem Zaun, aufgespießt von den schmiedeisernen Dornen. Sie blutete stark, und da sie kopfüber hing, lief Blut in ihr Haar und begann es zu färben.

»Aufhören!« schrie jemand. »Sofort aufhören!«

Ich glaubte, der da schrie, war ich selbst. Bevor ich mich vergewissern konnte, verließen mich die Kräfte, und es wurde finster.

*

Der Notarzt war eine Ärztin und hatte einen Damenschnäuzer. Dazu roch sie, als hätte sie in Desinfektionsmittel gebadet. Wellen der Übelkeit durchfluteten mich.

»Offenbar ein unverarbeites traumatisches Erlebnis«, sagte sie zu irgendwem. »Die Spätfolgen eines Schocks. Ich würde ihn gerne zur Beobachtung mitnehmen.«

»Kommt überhaupt nicht in Frage«, sagte ich und richtete mich auf. Die zweite Person an Bord war Gina.

»Sie bleiben liegen«, sagte die Ärztin. »Hier führe ich das Kommando.«

»Ich bin nicht krankenversichert. Wollen Sie, daß Ihre Klinik auf den Kosten sitzenbleibt?«

»Wie bitte?« fragte sie in einem Tonfall, als hätte ich mich in der Fußgängerzone entblößt. »Wissen Sie, was dieser Einsatz bereits gekostet hat?«

»Das mein ich ja. Sie können sich um die Kostendämpfung verdient machen, indem Sie mich gehen lassen.«

Sie zog mir die Manschette des Blutdruckmeßgerätes vom Arm, klemmte die Infusion ab und verpflasterte die Stelle, wo die Kanüle gesteckt hatte. Wir gaben uns nicht die Hand, und wir sagten uns auch nicht Lebewohl. Wir trennten uns einfach wie zwei Leute, die zufällig an der Supermarktkasse hintereinander gestanden hatten. Gina half mir aus dem Wagen.

»Jakob und die anderen sind schon vorgefahren«, sagte sie. »Er hat im Café am Salzmarkt einen Tisch reservieren lassen. Wir können aber auch für uns bleiben, und du erzählst mir, was eigentlich mit dir los ist.«

»Das hat Zeit«, sagte ich. »Lassen wir sie nicht warten.«

*

Der Leichenschmaus fand im hinteren der beiden Räume des Cafés statt, wo Tische zusammengestellt worden waren. Als wir hereinkamen, guckten alle, als sei ich der Vetter aus der Klapse. Ich setzte mich neben die Tante von der Waterkant, die sicherheitshalber ein Stück abrückte und ihre Handtasche mit einem Seemannsknoten an der Stuhllehne sicherte.

Serviert wurden Schnittchen und Kaffee, wahlweise mit oder ohne Koffein, und Tee. Ein vielleicht zehnjähriger Junge, der zu niemandem zu gehören schien, und den ich für einen ausgebufften Schnorrer hielt, trank Limonade und war der einzige, der Torte aß. Da mir noch immer flau war, bestellte ich einen doppelten Asbach.

Die Tante mußte aufs Klo, und das nutzte Beate, um an meine Seite zu rücken.

»Geht's wieder?« fragte sie.

»Danke«, sagte ich. »Lag wohl am Wetter.«

»Die Luft ist doch gut.«

»Zuviel Sauerstoff. Bin ich nicht gewöhnt.«

»Ich muß mit dir reden.«

»Ich höre.«

»Nicht hier.«

»Auf dem Damenklo können wir uns schlecht treffen.«

»Kannst du nicht kurz in die Wohnung kommen, bevor ihr zurückfahrt? Es ist wichtig.«

»Gib mir mal 'n Stichwort.«

»Jetzt nicht.«

Die Tante kam zurück, und Jakob konnte aufhören, uns argwöhnisch zu beäugen.

Kapitel 22

»Ich werde mich nicht entschuldigen«, sagte Beate trotzig. »Aber ich will, daß du es verstehst.«

»Laß gut sein«, sagte ich. »Es ist nicht wirklich wichtig.«

»Für mich schon.«

Wir waren allein, weil Gina eine Freundin besuchte, die wegen einer komplikationsreichen Schwangerschaft das Bett hüten mußte und nicht zur Beerdigung kommen konnte. Im Hof rostete noch immer die Norton vor sich hin. Vielleicht hatte sie Josef gehört, und wenn nicht, wußte Frau Trimborn bestimmt, wer der Eigentümer war. Wenn ich Glück hatte, stand sie zum Verkauf.

»Hörst du zu?« fragte Beate.

»Natürlich. Ich bleib nur stehen, weil ich den ganzen Tag gesessen hab.«

»Dreh dich aber bitte um und sieh mich an.«

Stumm seufzend tat ich ihr den Gefallen und lehnte mich mit dem Steiß gegen die Fensterbank. Im Nacken spürte ich einen kalten Zug. Ein Fall für Tesa-Moll.

»Daß Josef und ich uns an jenem Samstag fürchterlich gestritten haben, weißt du ja. Kaum war er aus dem Haus, beschloß ich, ihm eins auszuwischen und mit dem erstbesten Mann, der mir über den Weg laufen würde, ins Bett zu gehen. Da ich keine allzu geübte Aufreißerin bin, hab ich mir erst einmal Mut angetrunken. Nachmittags – ich war schon ziemlich beschwipst – stand plötzlich Jakob vor der Tür. Josef mit seinem eigenen Bruder zu betrügen erschien mir besonders infam, also hab ich Jakob verführt. Ich wollte nur nicht, daß wir es hier machen, deshalb sind wir zu ihm gefahren.«

»Deswegen hast du mich herbestellt? Um mir diese anrührende Geschichte zu erzählen? Außerdem hast du vergessen zu erwähnen, daß du dir im nachhinein natürlich die heftigsten Vorwürfe machst und dich an Josefs Tod mitschuldig fühlst.«

Ich war froh, daß Beate unbewaffnet war. In dem Moment hätte hätte sie geschossen.

»Du bist wirklich ein Arsch, Bulle Tom«, spie sie. »Oder bist du nur sauer, weil du gerne selbst derjenige gewesen wärst?« Sie zog ihren Rock eine Handbreit höher. »Na, wie wär's? Willst du mich?«

»Spiel hier nicht das Flittchen«, sagte ich. »Kann schon sein, daß Eifersucht im Spiel war. Besonders ärgerlich war jedoch, daß du's mir nicht vorher gesagt hast und mich ins offene Messer hast laufen lassen.«

»Kapierst du denn nicht, daß ich mich das nicht getraut habe? Außerdem hatte ich gehofft, es kommt nicht raus.«

Ich setzte mich ihr gegenüber in den Sessel und steckte mir einen meiner geliebten Peacock Tooth Picks zwischen die Beißer.

»Hast du 'ne Vorstellung, wo Josef nach eurem Streit hingegangen sein könnte? Als er in Satzvey ankam, war er nämlich völlig durchgeschwitzt und wirkte fast so entspannt wie Dr. Kimble.«

»Das hat Kommissar Emmelmann mich auch gefragt. Ich weiß es aber nicht. Mittags hatten wir die Auseinandersetzung, und – wann habt ihr euch in Satzvey getroffen?«

»Er kam erst nach acht.«

»Mein Gott, in der Zeit kann er überall gewesen sein.«

Da hatte sie allerdings recht.

»Mal ganz was anderes«, sagte ich. »Kannst du dir einen Grund vorstellen, warum Josef sich niederländische Kennzeichen notiert hat?«

»Wie kommst du denn darauf?«

Ich erzählte ihr von der Liste, an die ich mich wieder erinnerte.

»Kleine Jungen machen so was«, sagte sie. »Mein Bruder zum Beispiel, der hat sich immer die Nummern von allen Porsche und Mercedes aufgeschrieben. Einfach so.«

»Was ist aus ihm geworden?«

»Er ist Kampfschwimmer bei der Bundeswehr.«

»Da erkenn ich jetzt keinen direkten Zusammenhang«, sagte ich.

»Den gibt's auch nicht. Bist du jetzt aufnahmebereit für das, was ich dir eigentlich sagen wollte?«

Ich nickte.

»Ich war bei der Lingscheid«, sagte sie. »Nein, falsch, ich muß anders beginnen. Der Glaser war da.«

»Wenn du das ein klein wenig ausführen würdest, hätte ich vielleicht 'ne Chance«, sagte ich.

»Er hat die Scheibe ersetzt, die von dem Einbrecher eingeschlagen wurde. Es war die Scheibe im Heizungskeller.«

Sie sah mich erwartungsvoll an.

»Was ist, soll ich Männchen machen?« fragte ich.

»Ich sehe schon, du verstehst nicht. Da hilft nur ein Lokaltermin.«

Eine Taschenlampe brauchten wir diesmal nicht, die Elektriker hatten sich rangehalten, überall gab es Licht. Beate trug die bewährten Gummistiefel.

»Da, das ist das Fenster«, sagte sie. »Hinter dem Öltank.«

»Wie soll ich denn da hinkommen?«

»Du mußt am Tank vorbei.«

»Unmöglich. Da paßt ja nicht mal 'n wachstumsgestörter Pygmäe durch.«

»Eben.«

»Also ist er gar nicht durch das Fenster eingestiegen, sondern hat es nur eingetreten, um von der Tatsache abzulenken, daß er einen Schlüssel hat.« Ich schnippste mit den Fingern. »Wer hat alles einen Schlüssel zu diesem Haus?«

»Das kommt drauf an.«

»Du sprichst schon wieder in Rätseln.«

»Laß uns wieder raufgehen. Dieses Viehzeug macht mich nervös.«

Im Flur zeigte Beate an den Bierkisten vorbei zur Haustür. »Für die existieren meines Wissens fünf Schlüssel. Einen hatte Josef, einen hab ich, Gina hat einen, Jakob hat einen und den fünften hat Frau Trimborn.«

Sie drehte sich um und zwängte sich an mir vorbei. In der Enge des Flurs war das wie ein kleiner Beischlaf. »Durch die Tür da hinten unter der Treppe kommt man direkt in den Laden. Dafür gibt's drei Schlüssel. Den ersten hatte Josef, den zweiten hat Frau Trimborn und den dritten die Lingscheid. Als Josef ihr gekündigt hat, hat sie ihn aber nicht zurückgegeben, weil sie ihn angeblich verloren hatte.«

»Hast du sie danach gefragt?«

»Alles der Reihe nach. Dazu muß ich dir was vorspielen.«

Auf der lärmigen Treppe blieb sie kurz stehen und drehte sich um. »Ich hab mit Frau Trimborn gesprochen. Die Beleuchtung im Keller ist schon seit zwei Wochen installiert. Der Einbrecher war also vor uns unten und hat die Sicherung rausgedreht.«

In der Küche legte Beate das Diktiergerät auf den Tisch. »Du mußt gut zuhören, die Aufnahme ist nicht sehr deutlich.«

Ich vernahm ein Knistern, ein Rascheln, ein Quietschen, und dann zwei Stimmchen, die mich an schimpfende Kakadus erinnerten. So ging das eine ganze Weile.

»Was ist das?« fragte ich. »Warst du irgendwo im Zoo?«

»Also wirklich!« Beate war ehrlich empört. »So schlecht ist das nun auch wieder nicht zu verstehen. Das sind die Lingscheid und ich.«

»Bei der Probe japanischer Kinderlieder.«

Beate stellte das Gerät ab.

»Ich hatte das Ding in meiner Umhängetasche versteckt, damit die Alte hinterher nicht behaupten kann, sie habe dies oder das nicht gesagt.«

»Gerichtsverwertbar ist das sowieso nicht. Mal abgesehen von der erbärmlichen Qualität. Um was ging's denn bei eurem Disput?«

»Um den Schlüssel natürlich. Ich hab ihr auf den Kopf zugesagt, daß sie ihren Schlüssel nicht verloren, sondern an irgendwen weitergegeben hat. So konnte derjenige einbrechen, dich niederschlagen und wichtige Unterlagen rauben. Und sie habe nun eine Anzeige wegen Beihilfe zu vorsätzlicher Körperverletzung und Diebstahl zu erwarten. Bums, aus, Ende.«

»Das hat sie geglaubt?«

»Ich war selbst überrascht, aber sie hat. Hauptsächlich wohl, weil sie vorbestraft ist und sogar schon im Knast war. Sie muß früher mal illegal Abtreibungen vorgenommen haben. Das hab ich aber erst später von Frau Trimborn erfahren.«

»Wem hat sie den Schlüssel denn nun gegeben?«

»Dreimal darfst du raten. Ihrem Vermieter. Kuno, dem Barden.«

»Gab's dafür einen Grund?«

»Er hat ihr erzählt, er habe vor, das Haus zu kaufen und wolle sich schon mal vorab ein Bild von den notwendigen Investitionen machen, ohne daß Frau Trimborn das erfahren sollte.«

Es überraschte mich nun doch ein wenig, daß Kuno ein derartiger Depp war. Einerseits schaltete er Viltz und Metzen zwischen, um nur ja nicht als Interessent in Erscheinung zu treten, andererseits hinterließ er eine derart fette Spur, die direkt zu ihm führte. Aber Frau Trimborn hatte ja bereits angedeutet, daß es mit seiner Intelligenz nicht allzuweit her war.

»Gute Arbeit«, sagte ich und meinte es auch so. »Aber das brauchen wir schriftlich. Die Lingscheid muß unterschreiben, daß sie den Schlüssel an Kuno weitergegeben hat. Nur so können wir ihn festnageln.«

»Das wird sie niemals tun. Ich mußte ihr sogar schwören, ihren Namen aus der Sache rauszuhalten.«

»Wie stellt sie sich das denn vor? Sobald die Rede auf den Schlüssel kommt, weiß Kuno doch, wer ihn verpfiffen hat.«

»Ich hab's ihr jedenfalls versprochen.«

Ich stand auf und steckte das Diktaphon ein. »Ich nehm das mal mit. Vielleicht reicht's ja so schon.«

»Wo willst du hin?«

»In die Höhle des Löwen. Ins ›Wirtshaus an der Rauschen‹.«

»Da wirst du Pech haben«, sagte Beate. »Montag ist Ruhetag. Außerdem tritt Kuno heute in so einer Volksmusiksendung im Fernsehen auf.«

»Live?«

»Ich denke schon. Aber morgen kannst du hingehen. Dienstags und donnerstags singt er nämlich für seine Gäste.«

»Okay«, sagte ich. »Wir sehen uns morgen.«

Zum Abschied küßte sie mich auf die Wange. Ich war ganz gerührt.

Kapitel 23

B 51

Zurück fuhr Gina. Ich hatte die Lehne des Beifahrersitzes flach gestellt und versuchte zu schlafen. Nichts ging, weil das Differential des Mitsubishi jaulte.

Ich schaltete das Radio ein. Der SWF spielte Kunos Hymne an die Eifel.

»Oh du mein Oiiihfelland, dir gilt mein Trachten und mein Sehnen, oh du mein Oiiihfelland, du schenkst mir Lachen und auch Tränen, oh du mein Oiiiiih –«

»Schluß!« Gina schaltete aus. »Das ist ja unerträglich. Schlimm genug, wenn Kuno singt, da mußt du nicht noch mitgröhlen.«

»Ich war früher im Schulchor«, sagte ich.

»War das die Schule, an der du zweimal sitzengeblieben bist?«

»Laß mich doch in Ruhe!«

Das ließ sie mich auch bis kurz vor Stadtkyll. Dort standen wir im Stau, weil ein Sattelschlepper voller Federvieh verunglückt war. Der Auflieger war umgekippt, die Käfige kaputt, und überall liefen verstörte und verletzte Hühner herum.

Ein zweiter Lkw mit leeren Käfigen traf ein. Die beiden Neuankömmlinge sowie der Fahrer des Sattelzuges machten sich daran, die Hühner einzufangen. Tiere, die nicht mehr zu gebrauchen waren, töteten sie, indem sie ihnen mit ihren Stiefelabsätzen den Hals brachen.

»Mein Gott, das kann ich nicht mitansehen«, sagte Gina. »Auch wenn's nur Hühner sind, so darf man doch mit Tieren nicht umgehen.«

»Was schlägst du vor? Sie herumliegen lassen, bis sie krepieren? Oder sie alle zum nächsten Tierarzt schaffen?«

»Du bist ein Zyniker, Tom. Ja, genau das bist du – ein Zyniker.«

»Das streite ich ab.«

Gina ließ den Motor an und rangierte den Wagen, bis sie Platz zum Wenden hatte.

»Wir kommen auch auf anderen Wegen nach Hause«, sagte sie. »Zur Not fahr ich querfeldein.«

»Na prima! Wieviele Schnecken, Feldmäuse und Igel walzst du dabei platt? Hör doch auf mit deinem scheinheiligen Getue.«

Jetzt war sie wirklich sauer. Das verschaffte mir Ruhe bis kurz vor Gerolstein. Da sprach sie mich so überraschend an, daß ich erschrak.

»Du bist mir noch eine Erklärung für deinen Zusammenbruch auf dem Friedhof schuldig.«

»Das bin ich nicht.«

»Oh doch. Wir haben meinen Verlobten zu Grabe getragen, und das war weder der richtige Zeitpunkt noch der richtige Ort, um einen Nervenzusammenbruch nebst Schreikrampf zu kriegen.«

»Ich hab mir das nicht ausgesucht.«

»Das weiß ich. Aber ich will wissen, was mit dir los ist. Und ob ich wieder mit so etwas zu rechnen habe.«

Ich hatte bisher mit niemandem darüber geredet, und dann sollte ausgerechnet Gina die erste sein? Nee, Mädchen, du bestimmt nicht, brummte ich innerlich. Bis mir auf einmal klar wurde, daß da sonst niemand mehr war, mit dem ich hätte reden können. Keine Familie, keine Freunde, keine Frauen. Gina war alles, was ich noch hatte. Der Kloß, der mir im Hals steckte, war mächtiger als ein Hefeknödel.

»Am neunten April dieses Jahres hat sich Jennifer aus dem dritten Stock des Rosenberg-Sanatoriums in Boniswil in der Schweiz gestürzt«, sagte ich. »Unten wurde sie von einem Zaunpfahl aufgespießt. Sie war sofort tot.«

Der Pickup wurde langsamer und rollte auf dem Seitenstreifen aus, wo der Motor erstarb. Gina sagte nichts, aber ich spürte, daß sie mich ansah.

»Margot war eine Säuferin und eine Idiotin dazu, die nichts Besseres zu tun hatte, als in zweiter Ehe einen Junkie zu heiraten«, erzählte ich weiter. »Einen Junkie, für den es die normalste Sache der Welt war, seine Stieftochter anzufixen. Was er sonst noch mit ihr angestellt hat, weiß ich nicht. Nach Margots Tod wollte ich Jennifer zu mir nehmen, aber sie sagte, sie wolle lieber in Berlin bei Olaf – so hieß ihr Stiefvater – bleiben. Ich hab damals überhaupt nicht geblickt, was da ablief. Sie muß dann auch auf den Strich gegangen sein, denn sie wurde mal bei einer Razzia festgenommen. Dabei hat sie ein ehemaliger Kollege aus Bonn, der jetzt in Berlin ist, erkannt und mich informiert. Ich hab sie sofort zu mir geholt, aber mir war auch klar, daß sie nur mit einer Therapie eine Chance haben würde. Dafür brauchte ich aber Geld. Eine Menge Geld.«

Mein Mund war so trocken, als hätte ich eine Stunde lang mit einem Fön reingeblasen. Trotzdem redete ich weiter; jetzt wollte ich es auch zu Ende bringen.

»Ich wußte von zwei südamerikanischen Dealern. Bei denen hab ich zwei Kilo Koks geordert, und sie konnten auch prompt liefern. Bei der Übergabe hab ich sie gelinkt und bin mit dem Stoff auf und davon. Sie haben zwar hinter mir hergeballert, aber das Schießen hatten die beiden nicht gerade erfunden.

Den Koks hab ich verkauft an die Jungs, die den *Langen Eugen* beliefern, und Jennifer mit dem Erlös einen Therapieplatz im besten Sanatorium der Schweiz finanziert. Ich bin jedes Wochenende runtergefahren und hab sie besucht. Mit ihr ging's richtig bergauf. Drei Wochen lang machte sie Fortschritte par excellence. In der vierten Woche ist sie irgendwie an Morphium rangekommen. Sie hat sich zugeknallt und ist aus dem Fenster gesprungen.«

Ginas Stimme klang fremd und war so leise, daß ich sie beinahe nicht verstanden hätte. »Hast du es mitangesehen?«

»Nein, aber trotzdem seh ich die Szene immer wieder in meinem Kopfkino. Auch auf dem Friedhof. Da war der Baum der Auslöser. Jennifer liegt auch unter einer Blutbuche. Wie auch Margot.«

»Wie haben deine Kollegen herausgefunden, was du getan hast?«

»Gar nicht. Sie haben nur zwei und zwei zusammengezählt. Ein hochverschuldeter Bulle kann sich mal eben einen Therapieplatz für Fräulein Tochter für hunderttausend Schweizer Franken leisten. Zwei Kilo Koks werden auf neuen, bisher unbekannten Kanälen auf den Markt gebracht. Beweisen konnten sie mir nichts. Aber alle wußten es.«

Gina räusperte sich. »Von Margots zweitem Mann, Jennifers Stiefvater, hast du in der Vergangenheitsform gesprochen.«

»Am Tag nach Jennifers Beisetzung bin ich nach Berlin gefahren, um mir Olaf vorzunehmen. Er hatte Glück. Zwei Tage vorher ist er unter 'ne S-Bahn gekommen.«

»Allmächtiger!«

Eine lange Zeit saßen wir einfach nur da und schwiegen. Es wurde bereits dunkel. Als Gina zum Zündschlüssel griff, sah ich, daß ihre Hand zitterte.

»Laß mich fahren«, sagte ich.

»Bist du denn ruhiger?«

»So ruhig wie schon lange nicht mehr.«

Als wir durchs Kylltal kurvten, sagte sie: »Du solltest dir von einem Psychologen helfen lassen.«

»An meinen Kopf laß ich nur Friseur und Zahnarzt.«

»Ich meine es ernst, Tom. Ich glaube nicht, daß man mit so etwas ohne professionelle Hilfe fertig wird.«

»Wenn ich beschäftigt bin, denk ich nicht daran. Alles weitere kann nur die Zeit bringen.«

»Was verstehst du unter Beschäftigung? Josefs Mörder zu finden?«

»Zum Beispiel.«

»Dann willst du also weitermachen?«

»Schon morgen«, sagte ich und erzählte ihr, was ich von Beate erfahren hatte.

Kapitel 24

Kyllburg

Marianne Kalff war dermaßen aufgeregt, daß sie keine Luft bekam und sich erst einmal setzen mußte. Während ich ihren Hut und Mantel zur Garderobe brachte, reichte Gina ihr ein Glas Wasser.

»In kleinen Schlucken trinken, Marianne.«

Frau Kalff nickte, nahm einen großen Schluck und erlitt einen bösen und sehr undamenhaften Hustenanfall. Trotzdem ging es ihr danach sichtlich besser. Kyllburger Wasser als Sedativum, wenn das keine Marktlücke war.

»Was ist passiert?« fragte Gina. »Ist was mit Sophie?«

»Nein, nein, alles in Ordnung«, sagte Frau Kalff. »Im Gegenteil. Zwei Polizisten waren heute in aller Herrgottsfrühe da. Sie haben eine Spur von dem Fahrer.«

Bei mir fiel der Groschen erst, als Gina die Hand vor den Mund schlug und sagte: »Mein Gott, und das nach über einem Jahr. Aber erzähl doch.«

»Wie gesagt, heute morgen klingelt's, und als ich aufmache, stehen da dieselben Kriminalbeamten, die damals den Fall bearbeitet haben. Ich hab nur nicht gedacht, daß sie deswegen gekommen sind, sondern es sei was mit dem Hans. Der hatte nämlich noch reichlich Alkohol im Blut, als er zur Arbeit gefahren ist.«

Sie war noch immer so nervös, daß sie an der Stelle beinahe geweint hätte. Aber ein weiterer Schluck Wasser half auch über diese Klippe.

»Die Beamten haben mir erzählt, daß sie drüben bei Manderscheid einen Landstreicher aufgegriffen haben, der wegen verschiedener Diebstähle gesucht wurde. Mal hat er ein Huhn gestohlen, mal ein Hemd von der Leine, einmal auch ein Fahrrad, solche Sachen eben. Um mildernde Umstände zu bekommen, hat der Mann nun erzählt, er hätte im März des vergangenen Jahres den Wagen gesehen, mit dem die beiden Kinder bei Kyllburg überfahren worden sind.«

»War er Augenzeuge des Unfalls?« fragte ich.

»Das nicht. Aber er hat sich den Wagen gemerkt, weil der ihn beinahe angefahren hätte.«

»Woher will er denn wissen, daß das der Unfallwagen war?«

»Ei, der Mann war auf der Landstraße von Meisburg nach Steinborn unterwegs, als ihm ein Auto entgegengerast kam. Da hat er gesehen, daß es vorne rechts beschädigt war. Scheinwerfer und Kotflügel waren kaputt. Er konnte sich nur mit einem Satz in den Graben retten, sonst wäre er glatt unter die Räder gekommen. Deshalb hat er sich die Marke und den Typ gemerkt.«

Ein letzter Schluck, und das Glas war leer. Gina bot Nachschub an, aber Frau Kalff winkte ab.

»Zu Fuß und bei dem Wetter war er erst nach einer halben Stunde an der Stelle, wo der Unfall passiert ist. Da waren die Polizei, die Sanitäter und auch der Hubschrauber schon im Einsatz. Weil der Landstreicher aber mit der Polizei nichts zu schaffen haben wollte, hat er sich ohne was zu sagen davongemacht.«

»Hat er sich das Kennzeichen gemerkt?«

»Dafür ging alles viel zu schnell. Der Mann weiß nur, daß es mit EU anfing.«

»Also Euskirchen. Was ist mit dem Wagentyp?«

»Den mußte ich mir aufschreiben«, sagte sie. »Ich kenn mich doch mit Autos nicht aus. Ach, der Zettel ist im Mantel.«

Ich brachte ihr das gute Popeline-Stück. Der Zettel steckte in der rechten Tasche.

»Ein Mercedes Coupé, Modell 600«, las sie vor. »In dunkelblau oder schwarz. Mit Euskirchner Kennzeichen. Die Beamten meinten, wir sollten nicht zu euphorisch sein, aber jetzt bestünde immerhin eine Chance.«

Während Gina Frau Kalff in den Arm nahm und drückte, sah ich aus dem Fenster. Es war mit Sicherheit Zufall, aber ich hatte noch vor wenigen Tagen genau so einen Wagen gesehen. Und ich wußte, wem er gehörte.

Bad Münstereifel

Beate verzog das Gesicht, als hielte ich eine Vogelspinne in der Hand.

»Was ist das?« fragte sie.

»Als ob du das nicht wüßtest«, sagte ich.

»Ein ekeliger Revolver.«

»Falsch. Eine Pistole.«

»Ist das etwa deine Dienstwaffe? Mußtest du die nicht abgeben?«

Ich beförderte die 951er Beretta zurück ins Schulterhalfter. »Die ist Privatbesitz.«

»Hast du denn einen Waffenschein?«

»Deine Neugier geht mir langsam auf den Keks, Fräulein Nelles.«

»Oh, jetzt wird der Herr ganz formell.« Um ihr Mienenspiel hätte sie die Greta Garbo beneidet. »Entschuldigung, aber für mich ist es keineswegs normal, daß man mit solchen Dingern herumläuft.«

»Tröste dich – für mich auch nicht.«

»Dann frage ich mich, warum du sie dabei hast.«

»Reine Gewohnheit«, sagte ich. »Bist du soweit?«

»Sag bloß, du schleppst die Waffe schon die ganze Zeit mit dir rum?«

»Nein, aber im Augenblick halte ich es für angebracht. Wie sieht's aus?«

Seit geschlagenen fünf Minuten stand Beate vor dem Spiegel und bürstete ihr Haar. Für eine Kurzhaarfrisur war das zweifellos Landesrekord.

»Wenn du die Knarre mitnimmst, bleib ich hier.«

»Was soll das denn heißen?«

»Daß ich nicht mit einem Mann ausgehe, der einen Revolver in der Tasche hat.«

»Ist das dein Ernst?«

»Allerdings.«

»Auch dein letztes Wort?«

»Natürlich.«

»Dann hast du dich umsonst gestriegelt«, sagte ich und gab ihr einen Klaps auf den Hintern. »'nen schönen Abend noch.«

Ihr Wutgebrüll hörte ich die ganze Treppe runter.

*

»Hatten Sie nicht für zwei Personen reservieren lassen?« fragte der Ober.

»Die Dame kommt später«, sagte ich.

Er schritt voran, und ich folgte mit der gebotenen Vorsicht. Ich bin zwar kein Lulatsch, aber auf Pumps hätte ich mit den Deckenbalken Probleme gehabt. Wie gut, daß ich solche Galoschen nicht im Sortiment habe.

Die Einrichtung war erwartungsgemäß rustikal, und sie hätte durchaus gemütlich sein können, wären nicht alle Wände mit dem grinsenden Kuno tapeziert gewesen. Dicht an dicht hingen da Poster, Plakate und Plattencover. Dazu kamen unzählige gerahmte Fotos, die ihn allein oder mit anderen mehr oder weniger Prominenten zeigten. Patrick Lindner und die Hellwigs erkannte ich. Sogar auf der Speisekarte prangte Kunos Konterfei. Der Laden war ein wahrer Wallfahrtsort für Fans.

An den anderen Tischen saßen sie denn auch, die Pilgerinnen und Pilger. Bis auf ein im Partnerlook gekleidetes, verstört wirkendes junges Pärchen waren alle jenseits der sechzig. Ein Damenquartett in der Nähe des Eingangs war besonders gut drauf. Die vier sangen und schunkelten zu den Kuno-Songs, die pausenlos aus Lautsprechern rieselten.

Ich orderte gegrillten Lachs und gemischten Salat, eine Flasche Sancerre und zum Anwärmen einen doppelten Wodka-Martini. Die Preise waren gesalzen. Dann wollte ich noch wissen, um wieviel Uhr der große Meister auftrat.

»Pünktlich um einundzwanzig Uhr«, sagte der Kellner.

Bis dahin war es noch fast eine Stunde. Jetzt ärgerte ich mich doch, daß ich die Beretta Beate vorgezogen hatte. Mit Pistolen plaudert es sich schlecht.

Der Verdruß währte aber nicht lange. Beate kam zwar nicht, dafür aber ein anderer Bekannter. Ohne zu fragen setzte er sich mir gegenüber. Er trug wie immer einen Jeansanzug, diesmal allerdings mit Hemd und Krawatte.

»Vielleicht sollte ich mich dir mal vorstellen«, sagte mein Duzfreund aus dem Hühnerstall. »Henk van der Wimst, freier Journalist.«

»Thomas Henschel«, sagte ich. »Freier Polizist.«

Kapitel 25

»Was schreibst du?« fragte ich. »Ein Handbuch für Eierdiebe?«

Van der Wimst wartete, bis der Kellner meinen Aperitif serviert hatte, und bestellte für sich eine Cola.

»Ich schreibe tatsächlich über Eier«, sagte er, und vor lauter Ironie blitzten seine Augen. »Wie bist du nur so schnell darauf gekommen?«

»Ich bin ein alter Ratekönig.«

Die Koffeinbrause wurde gebracht, und wir prosteten uns zu.

»Ich wüßte gerne mehr über dich«, sagte van der Wimst. »Macht es dir was aus, mir etwas über dich zu erzählen?«

»Wozu sollte das gut sein?«

»Ich habe so ein unbestimmtes Gefühl, daß wir beide ähnliche Interessen verfolgen. Vielleicht nicht die gleichen – aber sagen wir mal – verwandte.«

»Woraus schließt du das?«

»Wir begegnen uns immer wieder an exponierten Orten. Wo ich arbeite und recherchiere, da tauchst du auch auf. Ich glaube nicht, daß das Zufall ist.«

»Hier bin ich lediglich zum Essen. Und du?«

»Business. Wenn auch anders als in dem Öko-Geschäft und auf dem Hof. Du brauchst also keine Angst zu haben, daß ich mir hier Spiegeleier bestelle und in die Jackentasche stopfe.«

»Solange es nicht meine Jacke ist, soll's mir egal sein.«

Der Ober brachte den Sancerre und entkorkte die Flasche. Ich kostete. Der Wein war vorzüglich.

»Den solltest du probieren«, sagte ich. »Er ist ausgezeichnet.«

»Ich trinke keinen Alkohol. Was ist, vertraust du mir?«

»Ich will ehrlich sein. Ich finde dich nicht besonders sympathisch. Das hat aber nichts damit zu tun, daß du Holländer bist.«

Er grinste, was ihn mir gleich noch unangenehmer machte. »Mein Angebot bezog sich lediglich auf den Austausch von Informationen, nicht von Körperflüssigkeiten. Ich finde dich auch nicht sexy, aber ich denke, wir könnten einander nützlich sein.«

Ein halbes Glas Wein lang dachte ich darüber nach. Dann sagte ich: »Machen wir's Zug um Zug. Ich gebe dir ein paar Informationen, dann du mir, dann wieder ich dir und so weiter. Einverstanden?«

»So könnte es gehen.«

Ich erzählte ihm, daß der Besitzer des Ökoshops ermordet worden war und daß die Verlobte des Ermordeten meine Stiefschwester sei. Ferner, daß die Kripo in dem Fall noch im dunkeln tappte und ich als Ex-Bulle deshalb Ermittlungen auf eigene Faust anstellte.

»Ist das alles?« fragte er.

»Für's erste. Wir sollten uns Zeit nehmen. Vertrauen baut man nicht im Raketentempo auf. Jetzt bist du dran.«

Sein Stil war epischer als meiner. Er redete doppelt solange, aber deswegen erfuhr ich über ihn nicht mehr, als er über mich erfahren hatte. Nach ein paar Jahren beim De Telegraaf arbeitete er nun als freier Journalist. Seine Spezialität war das Aufdecken von Umweltskandalen. Angeblich war er der erste, der damals spitzgekriegt hatte, daß Shell die Brent Star versenken wollte. Ich tat mich etwas schwer mit der Vorstellung, wie man die Umwelt mit Eiern schädigen konnte. Das sagte ich ihm auch.

»Hast du schon mal von Legebatterien gehört?« fragte er mich. »Von sogenannten Hühner-KZ?«

»Hab ich. Tierquälerei. Sind die mittlerweile nicht verboten?«

»Ha!« Sein Lacher kam so überraschend und laut wie eine Backpfeife im Dunkeln. Nicht nur ich erschrak, auch die vier munteren Damen verstummten. »Verboten! Über neunzig Prozent aller in der EU produzierten Eier stammen aus KZ-Haltung.«

»Zugegeben, das ist schrecklich«, sagte ich. »Aber wenn diese Batterien legal sind, was gibt es dann da aufzudecken?«

Sein Grinsen wurde breiter. Ihn freute offenkundig, daß er mein

Interesse geweckt hatte. Bevor er mir antworten konnte, kam mein Lachs. Das Stück Fisch sah appetitlich aus. Daß van der Wimst kein Essen bestellen wollte, gefiel dem Kellner überhaupt nicht.

»Ich nenne dir ein paar Zahlen, dann erkennst du von selbst, worum es geht«, sagte mein Gegenüber. »Wie ich schon sagte, werden einundneunzig Prozent aller Eier in Legebatterien produziert. Acht Prozent stammen aus sogenannter Bodenhaltung, und nur ein Prozent sind Eier aus Freilandhaltung.«

Die Salatsoße war zu sauer, sonst war alles okay.

»Soweit die Produktionsseite«, fuhr er fort. »Kommen die Eier auf den Markt, sehen die Kontingente plötzlich ganz anders aus. Sieben Prozent des Angebotes stammen aus Freilandhaltung, fast zwanzig Prozent aus Bodenhaltung, und nur noch dreiundsiebzig Prozent werden als Eier aus Legebatterien deklariert. Verstehst du?«

»Da wird beschissen«, sagte ich mit vollem Mund. »Wie mit Olivenöl, wie mit Mozzarella, wie mit allen Lebensmitteln. Wie lukrativ ist die Sache denn?«

»Die Gewinnspannen sind gigantisch, weil die Preisunterschiede enorm sind. Bei Aldi kriegst du Batterieeier in Gewichtsklasse L schon für vierzehn Pfennig das Stück. In einem normalen Supermarkt zahlst du für die gleichen Eier zwischen fünfundzwanzig und dreißig Pfennig. Eier aus Bodenhaltung kosten etwa fünf Pfennig mehr. Dann kommen die Freilandeier, die kosten um die vierzig Pfennig, es sei denn, du kaufst sie direkt beim Erzeuger, dann bekommst du sie zirka zehn Pfennig günstiger. Der Rolls-Royce unter den Eiern ist das Freilandei aus biologisch kontrollierter Aufzucht und Haltung. Für so ein Ei mußt du bis zu sechzig Pfennig hinlegen.«

»Das waren die, die ich dir verkauft habe.«

»Das stimmt nur zum Teil. Acht Eier waren tatsächlich aus Freiland- oder zumindest aus Bodenhaltung. Zwei waren jedoch aus einer Batterie.«

Ich stoppte die Gabel kurz vor dem Mund. »Wie kann man das denn feststellen?«

»Oh, da gibt es durchaus Möglichkeiten.«

»Okay, nehmen wir mal an, es stimmt, was du sagst, dann heißt das, Josef Deutsch war ein Betrüger. Er hat Batterieeier bei Aldi gekauft, um sie in seinem Laden als Öko-Freiland zum vierfachen Preis weiterverscherbeln zu können.«

»Das glaube ich nicht.«

»Aldi war ja nur ein Beispiel. Er kann sie ja auch sonstwo gekauft haben.«

»Ich glaube nicht, daß Josef Deutsch überhaupt wissentlich KZ-Eier gekauft hat. Und er war auch kein Betrüger. Ganz im Gegenteil.«

Mein Arm wurde lahm. Ich legte die Gabel zurück auf den Teller. »Hast du ihn gekannt?«

»Nicht persönlich. Er hat mir einen Brief geschrieben. Der Brief erreichte mich Anfang April«, erzählte van der Wimst. »Darin bat Deutsch mich um Unterstützung bei der Aufdeckung eines – wie er schrieb – großangelegten Etikettenschwindels bei Eiern, in den vermutlich auch niederländische Produzenten verwickelt seien.«

»Woher kannte er dich?«

»Der Kontakt kam über Greenpeace zustande. Ich war früher einmal Aktivist, weißt du. Die haben ihm meine Postbox-Nummer gegeben.«

»Und, war was dran an seinem Verdacht?«

»Allerdings. Er hatte dem Brief eine Liste mit niederländischen Autokennzeichen beigelegt. Ich fand heraus, daß es sich dabei um Lastwagen eines der größten Eierproduzenten der Niederlande handelte. Ein richtiger Eierbaron. Außerdem stellte ich fest, daß diese Lkws exakt an den Tagen in Deutschland waren, die Josef angegeben hatte. Ich rief ihn also an, aber er wollte mir am Telefon nicht sagen, wo er die Lkws entdeckt hatte. Er war jedoch bereit, sich mit mir zu treffen.«

»Wann?«

»Am 31. Mai um 23 Uhr vor dem Eingang von Burg Satzvey.«

Eine halbe Stunde vor dem Treffen war Josef ermordet worden. Nur ein Idiot hätte da keinen Zusammenhang gesehen.

»Was hast du dann gemacht?« fragte ich nach einer Gedenkminute.

»Ich habe versucht, über einen Mittelsmann, der bei dem Eierbaron arbeitet, an die Frachtpapiere zu kommen. Das ist aber schiefgelaufen. Der Mittelsmann konnte mir lediglich einen Namen nennen, und den will ich jetzt überprüfen.«

Plötzlich setzte Beifall ein. Ich blickte zum Kellner, weil ich dachte, er hätte ein Kunststück vorgeführt. Dann sah ich, daß van der Wimst sein Gesicht mit der Hand abschirmte und mit einem Kopfrucken zur Tür wies. Dort entdeckte ich dann den Auslöser der Begeisterung.

Bejubelt zwängte der Barde sich zwischen den Tischen hindurch und grüßte huldvoll nach allen Seiten. Ich stellte fest, daß ich mich bei meinem Blick durch sein Wohnzimmerfenster erheblich verschätzt hatte, denn Kuno maß mindestens zwei Meter. Er mußte arg gebückt gehen, um nicht an die Decke zu stoßen.

Als er mich sah, stutzte er und kam derart aus dem Tritt, daß er vor den nächsten Eichenbalken lief. Das tat selbst mir weh, denn es gab ein Geräusch, als sei eine Wassermelone aus dem vierten Stock aufs Pflaster geknallt. Kuno ging auch sofort in die Knie und verdrehte die Augen. Zwei Kellner sprangen herbei, packten ihn unter den Armen und schleiften ihn am Ausschank vorbei in die Privaträume. Die Fans waren in stummem Entsetzen erstarrt. Zwei der vier vergnügten Damen bekreuzigten sich sogar.

»Das lief ja besser, als ich dachte«, sagte van der Wimst. »Ich will nämlich nicht, daß er mich sieht.«

»Kennt ihr euch?«

»Ich hab einmal schlecht über ihn geschrieben. Seitdem haßt er mich.«

»Selber schuld. Was schreibt ein Holländer auch über Urgesteine der deutschen Volksmusik.«

»Nichts«, sagte van der Wimst. »Euer Kuno ist Holländer.«

Kapitel 26

»Er heißt eigentlich Hans van Maaren, Spitzname Hänschen van Matjes, weil sein Vater ein Fischgeschäft in Hilversum besaß«, sagte er. »Wenn du ihn so ansprichst, zieht er das Messer.«

»Das ist wirklich ein Hammer«, sagte ich. »Alle denken, der Kerl sei ein ehemaliger Konditor aus Koblenz. Selbst ich hätte einen Hunderter darauf gewettet, daß Kuno so deutsch ist wie Schwarzbrot und Sonntagsspaziergänge. Jetzt mußt du mir aber auch verraten, warum du hier sitzt. Welche Rolle spielt Kuno in der Welt der Eier?«

»Darüber kann ich im Augenblick noch nicht sprechen. Ich möchte dich erst zu einem Einbruch einladen.«

»Hat man dir an der Grenze nicht gesagt, daß das bei uns strafbar ist?«

»Es gibt keine Kontrollen mehr. Du fährst einfach durch.«

»Bei wem willst du einsteigen? Bei dem, den dir dein Mittelsmann genannt hat? Wie heißt er?«

»Auch Deutsch, was mich anfangs verwirrt hat. Jakob Deutsch. Selbst die Initiale des Vornamens ist dieselbe. Deswegen war ich sehr mißtrauisch und glaubte zeitweilig sogar, Josef Deutsch hätte mich reinlegen wollen.«

Er leerte sein Glas. Die Neige bestand nur aus geschmolzenen Eiswürfeln mit Zitronengeschmack.

Derweil blieb ich bei dem, was ich mir schon vor Tagen vorgenommen hatte, nämlich mich bei diesem Fall über nichts mehr zu wundern. Egal unter welchem Aspekt man ihn betrachtete, egal von welcher Seite man ihn anpackte, immer und überall stieß man auf Kuno und Jakob.

Van der Wimst zwinkerte. »Du siehst, wir müssen zurück an den Ort unseres letzten Rendezvous.«

»Für mich sah es so aus, als hätten die Hühner selbst die Eier in die Bodennester gelegt. Überflüssig, da zu schnüffeln.«

»Da will ich auch nicht wieder hin. Mich interessieren die beiden großen Lagerhallen mit den Solarpaneelen.«

»Das sind Kühlhallen«, sagte ich. »Hätte ich das gewußt, hätte ich mir lange Unterhosen angezogen.«

*

»Im Rückspiegel kannst du sehen, warum es mit der Rechnung so lange gedauert hat«, sagte ich. »Kuno mußte uns noch Begleitschutz organisieren.«

»Shit!« Van der Wimst schlug aufs Lenkrad. »Hat der Matjes mich doch erkannt.«

»Quatsch.« Ich verschaffte ihm einen groben Überblick über Kunos Aktivitäten auf dem Münstereifeler Immobilienmarkt und erklärte ihm, wo und wie sich dabei des Barden und meine Wege gekreuzt hatten.

»Bist du dir sicher, daß er mich nicht gesehen hat?«

»Absolut.«

»Okay, hängen wir sie ab.«

Er sagte das mit einem Optimismus, den ich nicht so recht teilen mochte. Wir saßen nämlich in einem altersschwachen 305er Peugeot Kastenwagen mit einem ebenso lauten wie impotenten Dieselmotor. Wenn ich mich nicht täuschte, waren unsere Verfolger da ein wenig besser ausgerüstet. Ihr fahrbarer Untersatz sah nach einem BMW aus.

Und so war es auch. Auf der B 51 in Richtung Blankenheim holte van der Wimst zwar das letzte aus dem Peugeot heraus, aber unsere Jäger blieben mühelos im Abstand von fünfzig, sechzig Metern an uns dran.

»Du mußt nach hinten klettern«, rief van der Wimst.

»Wegen der Gewichtsverteilung?«

»Du drückst die Heckklappe auf und schießt. Im Handschuhfach ist ein Revolver.«

»Du hast wohl zu viele Highway-Krimis geguckt, wie? Ich kann doch nicht einfach auf die Leute ballern.«

»Hast du eine bessere Idee?«

»Ich könnte sie mit dem Gerümpel aus dem Laderaum bewerfen.«

»Gerümpel?! Das ist mein Laptop, die UV-Lampe und meine Bergsteigerausrüstung.«

»Holländer und Bergsteiger?«

»Die Witze kenn ich alle. Halt bloß die Klappe.« Er sah in beide Spiegel und drehte sich auch noch um. »Du, die sind verschwunden.«

Ich kontrollierte das. Er hatte recht. Irgendwo in Tondorf war der BMW abgebogen. Sollte ich mich derart geirrt haben?

»Fahr auf die Autobahn und die nächste Abfahrt wieder runter«, sagte ich. »Das ist zwar ein Umweg, aber sicherer.«

Während der nächsten Viertelstunde blickte ich mehr über die Schulter als nach vorn, aber es blieb dabei. Niemand hing mehr an uns dran.

*

Ich kam mir vor wie ein Sherpa. Van der Wimst marschierte vorneweg, und ich schleppte ihm seine Ausrüstung hinterher. Gut, er trug auch was, aber ich hatte die schweren Klamotten erwischt – jede Menge Seile mit Karabinerhaken, zwei Eispickel und diese blöde UV-Lampe. Wozu er die brauchte, war mir ohnehin rätselhaft.

»Weißt du, ob sie hier einen Hund haben?« fragte er.

»Da beim letzten Mal keiner da war, wird's jetzt auch keinen geben. Aber hier läuft so'n alter Knabe mit 'ner Mistforke rum, auf den solltest du achten.«

»Um die Zeit noch?«

»Wie spät ist es denn?«

»Kurz nach Mitternacht.«

»Ich weiß nicht, wann der Kerl ins Bett geht. 'n bißchen Vorsicht kann nicht schaden, denk ich.«

Dieses Mal näherten wir uns dem Hof von der anderen Seite,

quasi aus Richtung Frohngau. Für mich war der Weg neu, van der Wimst hatte ihn schon bei seinem ersten Einbruch genommen. Der Boden war naß und lehmig und blieb an den Sohlen kleben. Schon nach wenigen Metern hatte ich das Gefühl, auf Plateausohlen aus Blei zu laufen.

Dazu war es stockfinster. Eine tiefhängende Wolkenschicht hatte Mond und Sterne ausgesperrt, und wegen der Ungesetzlichkeit unseres Vorhabens verzichteten wir auf Scheinwerfer und Fackeln.

Das erste Hindernis war ein Weidezaun, den wir übersteigen mußten. Ein Klacks im Verhältnis zu dem vier Meter hohen, mit Stacheldraht gekrönten Maschendrahtzaun, der hundert Meter weiter kam.

»Und jetzt?« fragte ich.

Van der Wimst spazierte den Zaun entlang und rüttelte immer wieder an den Maschen. Nach wenigen Schritten hatte er die Stelle gefunden. Er hatte den Zaun bei seinem ersten Besuch an einem der Pfosten durchtrennt und nur locker wieder verdrahtet. Die Lücke war groß genug, daß wir bequem durchkriechen konnten.

Wir waren nach der Aktion noch nicht weit gekommen, als ich plötzlich innehielt. Unmittelbar vor uns war irgendwas durch die Luft gesaust.

»Was ist los?« fragte van der Wimst.

»Hörst du das nicht? Da – schon wieder.«

»Das sind die Windmühlen. Nun komm schon.«

Obwohl ich jetzt Bescheid wußte, blieb mir die Sache unheimlich. Es war dermaßen dunkel, daß man die Türme erst wahrnahm, wenn man unmittelbar vor ihnen stand. Von den Rotoren war überhaupt nichts zu sehen. Von ihnen vernahm man nur dieses gespenstische ›wusch-wusch-wusch‹. Keine fünf Minuten später waren wir am Ziel.

»Wo steigen wir ein?« fragte ich. »Durch die Tür?«

»Keine Chance. Es geht nur übers Dach.«

Beplankt war die Halle mit Blech, darunter saß vermutlich ein Stahlgerippe. Als ich leise gegen die Wand klopfte, klang es dumpf.

»Das ist die Isolierung«, sagte van der Wimst.

Er hatte inzwischen ein Gurtsystem angelegt, wie es auch von Fallschirmspringern getragen wird. Durch heftiges Rucken und

Reißen an allen Enden überprüfte er, ob es auch hielt. Dann zog er Handschuhe an und griff nach dem Seil mit dem Wurfanker.

»Du wartest hier. Wenn ich oben bin, hängst du die Tasche ans Seil, damit ich sie raufziehen kann. Alles andere bringst du zum Eingang. Kapiert?«

Ich nickte, obwohl mir weder der Ton noch sein Rumkommandieren als solches gefiel. Aber so ist das nun mal, wenn einem gewisse Fähigkeiten abgehen. Seilklettern konnte ich noch nie.

Der Wurfanker war zwar kunstoffüberzogen, aber es rumste doch beachtlich, als er beim Hochwerfen auf dem Dach aufschlug. Van der Wimst zog am Seil, bis es straff war, und hängte sich probehalber mal dran. Dann klinkte er seinen Karabinerhaken ein und turnte hoch. Das geschah in einem Affentempo. Wer auch immer die Witze über kraxelnde Holländer in die Welt gesetzt hatte, ihn hatte derjenige nicht gekannt.

Van der Wimst verschwand hinter der Dachkante, und ich befestigte die Tasche am Seil. Für einen Moment war sein Gesicht als heller Fleck zu sehen, und er zog die Tasche hoch. Ich klemmte mir den restlichen Kram unter den Arm und machte mich auf den Weg zum Eingang.

Als ich um die Ecke bog, sah ich, daß drüben im Wohnhaus Licht brannte. Jakobs Wohnzimmerfenster war hell erleuchtet, und wenn ich auf die Entfernung richtig sah, war er nicht allein. Ein Fernglas hatte ich nicht dabei, aber van der Wimsts Fotoapparat nebst Tele tat es auch. Ich schraubte das Objektiv auf, visierte an und stellte scharf.

Tatsächlich, Jakob hatte Gesellschaft, und zwar weibliche. Zunächst konnte ich die Frau nicht erkennen, weil sie teilweise von einer Palme verdeckt wurde. Aber dann erhob sie sich plötzlich aus ihrem Sessel und trat hinter Jakob, der an der Anrichte stand und Getränke mixte. Sie umschlang ihn und schmiegte ihren Körper an seinen.

In dem Moment war mir, als würde ich mit heißem Wasser übergossen. Die Frau war Gina.

Kapitel 27

Ich war drauf und dran, rüberzulaufen und Jakob die Fresse vollzuhauen. Mich bremste lediglich, daß Ginas Anwesenheit ausgesprochen freiwillig aussah. Jetzt knutschten sie auch noch rum. Mir wurde ganz anders.

»Was machst du denn da?« fragte van der Wimst plötzlich hinter mir. Ich hatte ihn überhaupt nicht kommen hören. »Bist du unter die Spanner gegangen?«

Ich setzte die Kamera ab. Viel besser war ich wirklich nicht.

»Los, komm rein«, sagte er. »Wenn die Tür zu lange offensteht, steigt die Temperatur, und der Alarm geht los.«

Zunächst betraten wir einen kleinen Vorraum. Hier war es kühl, aber nicht kalt, so daß sich die Sehnsucht nach heißem Kaffee und Wollunterhosen in Grenzen hielt. Unseren Krempel deponierten wir gleich beim Eingang. Lediglich die UV-Lampe und den Fotoapparat nahmen wir mit.

Um in die eigentliche Halle zu kommen, mußten wir eine zweite Tür passieren. Dahinter lag die Temperatur schon spürbar tiefer, aber auch noch im erträglichen Bereich. Als die Tür ins Schloß fiel, schaltete van der Wimst die Beleuchtung ein. Ich war enttäuscht, denn statt in einer Kathedrale von Halle befanden wir uns am Anfang eines langen Gangs, der gerade mal breit genug für zwei Gabelstapler war. Links und rechts führten Tore zu den eigentlichen Kühlräumen. Van der Wimst betätigte sich gleich als Fremdenführer.

»Die Unterteilung in einzelne Kammern dient dazu, daß jede Ware bei der für sie optimalen Temperatur gelagert werden kann«, sagte er. »Dabei wird darauf geachtet, daß die Temperaturdifferenz zwischen benachbarten Kammern nicht mehr als zwei Grad beträgt.«

»Man könnte meinen, du konstruierst solche Dinger.«

»Ich nicht, aber mein Onkel.«

Er ging voran und spähte immer wieder durch die Fenster in die einzelnen Räume. Ich trabte wie ein Hund hinterher und war in Gedanken noch bei der Szene in Jakobs Wohnzimmer. Schließlich sah ich auch mal in eins der Fenster. Da standen ausschließlich Gemüsekisten. Ungefähr auf der Hälfte des Flurs hing das Seil, an dem sich van der Wimst vom Oberlicht herabgelassen hatte. Zwei Fenster weiter war es dann soweit – Eier und nichts als Eier. Das Thermometer der Kammer zeigte plus vier Grad. Subjektiv war es kälter.

»Dafür denkst du im Winter, im Kühlhaus sei die Heizung an«, entgegnete van der Wimst auf meine Bemerkung.

Konzentriert ging er an die Arbeit. Zuerst baute er Stativ und Kamera auf. Dann breitete er auf dem Boden ein schwarzes Tuch aus. Zuletzt entnahm er zehn verschiedenen Kisten ebenso viele Eier und legte sie nebeneinander auf das Tuch. Unterdessen suchte und fand ich eine Steckdose für die UV-Lampe. Ich knipste sie an und schaltete anschließend die Deckenbeleuchtung aus.

Im bläulichen Licht mutierten die ordinären Hühnereier zu wahren Kunstobjekten. Während ich nichts weiter tat, als die Lampe zu halten, machte van der Wimst seine Aufnahmen. Anschließend wies er mich auf die Kratzer in der Schale hin.

»Das ist ein untrügliches Zeichen dafür, daß es sich um Batterieeier handelt«, sagte er. »Hier – parallel laufende, längst ausgerichtete Kratzer im exakten Abstand der Gitterstäbe.«

Wir überprüften noch weitere Eier aus anderen Kartons, aber das Ergebnis war immer dasselbe: Hier herrschte Etikettenschwindel auf der ganzen Linie. Und auf einmal wußte ich auch wieder, wo ich diese Kratzspuren schon einmal gesehen hatte – auf den Fotos in Josefs Stahlkassette. Nur, daß ich sie damals für Landespuren irgendwelcher UFOs gehalten hatte.

Und mir fiel noch etwas ein: Es hatte da ein gelbstichiges Foto gegeben, auf dem ein Mann beim Entladen eines Lkws zu erkennen gewesen war. In den Händen hatte er einen Karton gleicher

Machart gehalten, wie sie hier zu Hunderten herumstanden. Das Gesicht des Mannes hatte mir schon damals nichts gesagt, aber dafür erinnerte ich mich um so deutlicher an andere Einzelheiten der Aufnahme, wie das Stück Mauer oder das seltsame, aufrecht stehende Rechteck.

Plötzlich ertönte ein Rumpeln, und der Boden begann leicht zu vibrieren.

»Shit!« raunte van der Wimst. »Die fahren das Rolltor hoch.«

»Dann haben sie uns«, sagte ich. »Im Gang hängt noch das Seil.«

»Nicht wenn ich vorher oben bin und es hochziehe.« Er schob das Tor auf. »Versteck dich irgendwo.«

Mit drei Sätzen war er am Seil und turnte hoch, daß Tarzan neidisch geworden wäre. Ich blickte in die andere Richtung. Das Rolltor ratterte weiter nach oben. Zwei Paar Stiefel waren zu erkennen. Außerdem hörte ich einen Diesel im Leerlauf. Ich schob das Tor der Kühlkammer wieder zu und verkrümelte mich mit Fotoapparat und UV-Lampe hinter den höchsten Stapel Eierkartons. Jetzt blieb nur zu hoffen, daß der Laster Möhren brachte und keine Eier abholen wollte.

Das Rumpeln hatte ein Ende. Dafür hörte ich Stiefelschritte und das helle Sirren eines Elektrostaplers. Sie machten sich in der Kammer direkt nebenan zu schaffen. Stimmen waren zu vernehmen, wenn ich auch nicht verstand, was da geredet wurde.

Als ich so still hinter den Kartons auf der Erde kauerte, merkte ich schnell, daß vier Grad nicht weit weg von null war. Solange ich mich bewegt hatte, war das kein Problem gewesen, aber jetzt bekam ich ruckzuck steife Knochen. Um den Schaden zu begrenzen, machte ich ein wenig Gymnastik.

Plötzlich erscholl ein lauter Ruf. Sofort setzten sich die Stiefel in der Kühlkammer nebenan in Bewegung und trabten den Gang hinunter.

Ich verließ mein Versteck und lauschte am Tor. Absolute Ruhe. Vorsichtig schob ich das Tor auf, aber nur so weit, daß ich den Kopf durchstecken konnte.

Rechter Hand, vor dem Rolltor, parkte ein Lkw mit offenen Laderaumtüren. Zur Hälfte war er mit Paletten voll Eierkartons beladen. Und er hatte ein niederländisches Kennzeichen. Menschen sah ich nicht. Ich blickte nach links. Auch da war niemand zu sehen. Die Leute mußten in den Vorraum gegangen sein.

Der Vorraum! Da hatten wir ja die Foto- und Werkzeugtasche sowie die überzählige Bergsteigerausrüstung abgestellt. Jetzt hatten sie uns am Arsch.

Als ob ich meine Gedanken per Megaphon verkündet hätte, flog die Tür zum Gang auf, und zwei Männer in Arbeitskluft und Stiefeln stürmten herein. Ich machte gar nicht erst den Versuch, mich noch mal zu verstecken, denn sie würden jeden Winkel durchkämmen. Hier half nur abhauen.

Ohne mich um die Brüllerei hinter mir zu kümmern, sprintete ich in Richtung Rolltor und ließ Kamera und Lampe zurück. Es war zwar schade um die Aufnahmen, aber jetzt war erst einmal Fellretten angesagt.

Ich lief durch das offene Tor, umkurvte den Lkw und rannte hinaus in die Dunkelheit. Einfach in die Richtung, aus der wir gekommen waren. Als ich mich kurz umdrehte, sah ich das Stück Mauer neben der Halle, den Lkw und die rechteckige Tür, die zu dem Umspannungskasten im Hintergrund gehörte. Von hier hatte Josef also die Aufnahme gemacht.

Einer der beiden Verfolger war in den Lkw geklettert, startete die Maschine und schaltete das Fernlicht ein. Ich machte, daß ich weiter kam, raus aus der Reichweite der Scheinwerfer. Für van der Wimst war die Situation auf dem Dach gewiß ungemütlich, aber solange sie hinter mir her waren, keineswegs bedrohlich. Er mußte sich nur still verhalten, während ich für die Unterhaltung sorgte.

Da es absolut finster war und der Boden uneben, kam ich ein paar mal ins Stolpern, konnte aber Stürze vermeiden. Das ›wusch-wusch-wusch‹ der Rotoren signalisierte mir, daß ich die WKAs passierte und der Maschendrahtzaun gleich kommen würde. Der Zaun war eher da, als ich stoppen konnte. Ich lief hinein, der Zaun federte zurück und schleuderte mich rücklings in den Dreck.

Mein Herz raste, meine Lungen brannten, und ich hätte gerne ein Viertelstündchen geruht, aber daran war nicht zu denken. Meine Verfolger hatten sich motorisiert. Ein Fahrzeug mit einem Suchscheinwerfer, vermutlich ein Geländewagen, hoppelte über den Acker. Er kam nicht direkt auf mich zu, sondern hielt sich weiter nördlich. Aber es war nur eine Frage der Zeit, bis er auch hier aufkreuzen würde. Ich mußte schleunigst das Loch im Zaun finden.

Meiner Berechnung nach waren wir weiter südlich eingedrungen. Ich lief den Zaun entlang und versuche mein Glück an jedem Pfosten. Vergeblich. Nachdem ich zwanzig Pfosten überprüft hatte, wurde mir klar, daß ich mich geirrt haben mußte. Aber zum Umkehren war es zu spät, denn inzwischen hatte der Jeep meine Richtung eingeschlagen.

In meiner Not kam mir eine tolldreiste Idee. Damit, daß ich zurückkommen würde, würden sie am wenigsten rechnen. Und da sie keine Hunde hatten, war die Chance, dabei erwischt zu werden, ziemlich gering. Vielleicht ergab sich auf die Art sogar eine Möglichkeit, etwas für van der Wimst zu tun.

Also bewegte ich mich in gemäßigtem Trab zurück zur Lagerhalle, wobei die Scheinwerfer des Lkws und das aus dem offenen Rolltor fallende Licht mir als Orientierung dienten. Den Jeep, der weiter den Zaun entlang in südlicher Richtung kroch, behielt ich ebenfalls im Auge. Ich war mir sicher, daß inzwischen mehr als nur die beiden Typen in Arbeitskluften und der Staplerfahrer unterwegs waren. Mistforken-Hermann hatten sie bestimmt dazugeholt. Und wer weiß, vielleicht saß ja der Boß persönlich in dem Geländewagen.

Ich war in Höhe der Windkraftanlagen, als bei der Halle Geschrei anhob. Zwei, drei Leute sprangen herum und leuchteten mit Handlampen zum Dach hinauf. Das konnte nur heißen, daß sie van der Wimst doch aufgespürt hatten.

Den Fahrer des Jeep hatte die Neuigkeit irgendwie auch erreicht. Er verließ seinen bisherigen Kurs und steuerte auf direktem Weg auf die Halle und damit auch auf mich zu. Ich ging hinter dem nächsten WKA-Mast in Deckung. Der Geländewagen rumpelte vorbei. Zu schnell, als daß ich den Fahrer hätte erkennen können.

Van der Wimst saß in der Falle. Wie Flakscheinwerfer eine Fliegende Festung hatten ihn die Handlampen und jetzt auch noch der Suchscheinwerfer des Jeep erfaßt. Aus dem Lichtbündel gab es kein Entkommen. Das sah er auch selbst ein, denn er balancierte zur Giebelspitze und hob zum Zeichen der Kapitulation die Arme. Ob er auch etwas sagte, konnte ich aus der Entfernung nicht verstehen. Ich hörte nur den Schuß.

Van der Wimst zuckte zusammen, als habe er einen Stromschlag erhalten. Mit beiden Händen faßte er sich an die Brust und geriet ins Schwanken. Dann knickten seine Beine weg, und er stürzte kopfüber vom Dach.

Sie hatten ihn eiskalt ermordet. Und ich war Zeuge.

Kapitel 28

Erstaunlich, wie frisch die zweieinhalb Zentner Emmelmann um drei Uhr nachts aussahen. Lediglich der Anzug hatte eine Reinigung nötig. Das sagte ich ihm auch. Er senkte den Kopf, wie das so seine Art war.

»Daß ich Ihnen den Arsch aufreißen werde, Henschel, hatte ich Ihnen versprochen. Und was ich verspreche, pflege ich zu halten. Die Frage ist nur, ob ich es schnell und brutal oder langsam und genüßlich mache.«

»Hätten Sie, anstatt unschuldige Bürger zu bedrohen, Ihre Arbeit getan, gäbe es diesen Toten gar nicht, und Sie könnten weiter in den Federn liegen und von Abmagerungskuren träumen.« Langsam wurde ich sauer.

»Mir wäre es recht, Sie würden Ihren Streit vor der Tür fortsetzen«, sagte Herr Dengel, der Besitzer eines Fertighaus-Neubaus am Ortseingang von Engelgau. Er war so freundlich gewesen, mich telefonieren zu lassen. »Um sechs klingelt bei mir der Wecker.«

Wir sagten ›selbstverständlich‹, ›danke‹ und ›auf Wiedersehen‹ und gingen. Auf der Straße standen ein grünweißer und ein ziviler Wagen.

»Ist das alles, was Sie mitgebracht haben?« fragte ich.

»Dachten Sie, ich rücke mit einer Hundertschaft an?«

»Ich hab Ihnen doch gesagt, daß da ’n halbes Dutzend zum Teil bewaffneter Leute rumläuft.«

»Zur Not vereidigen wir Sie als Hilfssheriff«, sagte Emmelmann. »Dürfte ich Sie jetzt bitten, einzusteigen?«

Emmelmanns Fahrer hatte ebenfalls Basketballermaß. Folglich waren beide Sitze so weit zurückgeschoben, daß ich mich auf der

Rückbank quer setzen mußte. Nach dreimal abbiegen rollten wir die Zufahrt entlang. Ich dirigierte den Wagen direkt ums Haus herum zur Lagerhalle.

»Hier herrscht eine Ruhe wie auf dem Friedhof«, sagte Emmelmann. »Sind Sie sicher, daß Sie diese Halle meinen? Da drüben ist nämlich noch so eine.«

Ich ließ den Wagen halten, stieg aus und ging zu der Stelle, wo van der Wimst aufgeschlagen war.

»Leuchten Sie mal her«, sagte ich. Emmelmann kam mir nach und leuchtete. Kein Blutfleck, nichts.

»Lauft mal um die Halle rum«, sagte Emmelmann zu den zwei Uniformierten. Der hübschere der beiden war eine Frau.

Ich rüttelte an der Tür zum Vorraum. Sie war abgeschlossen.

»Ihr habt doch sicher ein Stemmeisen im Wagen«, sagte ich.

»Noch was?« fragte Emmelmann. »Sie kennen doch die Spielregeln.«

»Und was ist mit Gefahr im Verzug?«

»Ohne die Zustimmung des Eigentümers läuft hier gar nichts.« Er stieß mir seinen ausgestreckten Zeigefinger vors Brustbein. Er war hart wie ein Schlagstock. »Und wissen Sie, warum? Weil ich bisher nichts sehe! Keine Leiche, keine Mörderbande, keinen Lkw mit faulen Eiern –«

»Falsch etikettierten Eier«, sagte ich.

»Wie auch immer. In mir steigt so langsam der Verdacht hoch, daß das alles nur in Ihrer Vorstellung existiert.«

Die Uniformierten tauchten an der anderen Seite der Halle wieder auf. Beide zuckten die Achseln.

»Es ist keine vierzig Minuten her, da wurde hier ein Mann vom Dach geschossen«, sagte ich. »Opfer und Täter und auch alles andere befinden sich mit an Sicherheit grenzender Wahrscheinlichkeit noch auf dem Gelände. Ein bißchen suchen werden Sie allerdings müssen, Herr Kommissar.«

Emmelmann konnte mich nicht leiden, glaubte mir immer weniger und litt bei der Vorstellung, sich hier die halbe Nacht um die Ohren schlagen zu müssen. Andererseits fiel ihm offenbar kein plausibler Grund ein, warum ich mir die Geschichte hätte ausdenken sollen.

»Okay,« sagte er, »holen wir den Eigentümer aus dem Bett. Bei soviel Tohuwabohu auf seinem Grundstück muß er was gehört haben. Das sehen Sie doch bestimmt auch so, Herr Henschel?«

*

Jakob öffnete und lächelte von oben herab, als hätte er uns erwartet und wüßte genau, daß wir ihm nichts anhaben konnten. Vielleicht bildete ich mir das nur ein, vielleicht war ich einfach nur sauer auf ihn, weil er nach Beate jetzt auch noch mit Gina rummachte. Jedenfalls schlug ich ohne Vorwarnung zu. Dem Geräusch nach brach sein Nasenbein. Aber er hielt sich auf den Beinen.

»Sie gottverdammtes Arschloch!« schnauzte Emmelmann mich an. »Kurz, die Handschellen!« Kurz, der baumlange Kollege, packte mich, und das uniformierte Mädchen legte mich in Eisen.

»Er hat eine Waffe«, sagte Kurz, der mir in den Ausschnitt geguckt hatte. »Hier.«

Emmelmann wog die Beretta in der Hand. »Haben Sie dafür einen Waffenschein?«

»Vielleicht hab ich auch noch falsch geparkt. Ich dachte, wir sind hier, um einen Mörder zu finden.«

Dafür kassierte ich einen Stoß, der mich zwischen den Filzlatschen zu Boden gehen ließ. Unterdessen führten die beiden Uniformierten Jakob zum nächstbesten Stuhl, wo er sich setzen und den Kopf nach hinten legen mußte. Emmelmann höchstpersönlich stopfte ihm Wattekügelchen in die Nasenlöcher und nutzte die Gelegenheit, sich für mich zu entschuldigen und den Grund unserer Anwesenheit zu erläutern.

»Habe ich Sie richtig verstanden, daß Sie mir einen Mord unterstellen, Herr Kommissar?« fragte Jakob mit einer Stimme, als spreche er durch eine Membrane aus Pergamentpapier.

»Das tut höchstens Herr Henschel«, sagte Emmelmann und zeigte auf mich. »Wir suchen nach einer Leiche. Nach einem Mann, der angeblich vor einer Dreiviertelstunde auf Ihrem Terrain erschossen wurde. Es soll sich um einen holländischen Journalisten namens van der Wimst handeln. Den dazugehörigen Täter ermitteln wir wie gewöhnlich anschließend.«

»Es hört sich blöd an, aber ich kann Ihnen mit keiner Leiche dienen. Auf meinem Hof ist niemand ermordet worden. Und einen Herrn van der wie auch immer kenne ich nicht.«

»Wurde hier in den letzten – sagen wir mal – drei Stunden eine Ladung Eier angeliefert?«

»Jein. Wir haben eine Lieferung bekommen, aber keine Eier. Geliefert wurden Karotten, Tomaten und Avocados.«

»Wo ist der Lkw jetzt?«

»Er ist wohl schon wieder weg.«

»War der Lkw in den Niederlanden zugelassen?«

»Davon gehe ich mal aus, da die Ware von einem unserer holländischen Vertragspartner stammt.«

»Heißt das, Sie haben den Lkw gar nicht gesehen?«

»Ich habe bis zu Ihrem Erscheinen im Bett gelegen.«

»Irgendwer muß den Lkw doch in Empfang genommen haben. Oder kann bei Ihnen jeder rein und raus wie er will?«

»Natürlich nicht. Für Anlieferungen ist Hermann Kanther zuständig.« Weil Emmelmann wie ein Fragezeichen guckte, fügte Jakob an: »Er hat schon für meine Eltern gearbeitet. Er ist hier so eine Art Vorarbeiter.«

»Können wir ihn sprechen?«

Trotz seiner Nase hatte Jakob wieder Oberwasser und ließ Emmelmann gezielt ins Leere laufen. Wenn das so weiterging, würde uns letztendlich nichts anderes übrig bleiben, als katzbuckelnd den Rückzug anzutreten.

»Was soll der Quatsch?« mischte ich mich ein. »Glauben Sie ernsthaft, Hermann wird was anderes erzählen als sein Chef? Lassen Sie sich den Schlüssel zur Kühlhalle geben!«

»Sie legen es wahrlich darauf an, daß ich Sie knebeln lasse«, knurrte Emmelmann. »Sie haben schon genug vermasselt!«

Emmelmann schickte die Uniformierten los, um Hermann zu holen, der in einem Anbau hinter der Remise wohnte. Da meine Hände auf dem Rücken gefesselt waren, hatte ich meine liebe Mühe, wieder hochzukommen. Logisch, daß mir keiner half.

Jakob nutzte die Gelegenheit, um seine Position als Opfer zu festigen, und erzählte seinen aufmerksamen Zuhörern, daß ich ihm erst vor wenigen Tagen unterstellt hätte, seinen Bruder aus Habgier ermordet zu haben. Emmelmanns Blicke verrieten nichts Gutes. Er würde mich foltern. Mir blieb nur eine Chance.

Ich nahm den Kopf runter und rammte ihn Emmelmann in den Wanst. Er kam aus dem Gleichgewicht, stürzte und begrub Jakob unter sich. Kurz, der versuchte, seinem Chef beizuspringen, rempelte ich mit einem Bodycheck aus dem Weg. Die Bahn war frei.

Ich stürzte zur Wendeltreppe und lief die Stufen hoch. Mit den Händen auf dem Rücken war das gar nicht so einfach, zweimal drohte ich übers Geländer zu kippen. Aber ich war im ersten Stock, bevor die anderen sich aufgerappelt hatten.

Das Wohnzimmer ließ ich gleich aus und warf mich gegen die nächste Tür, wo ich auf dem Marmorboden eines de-Luxe-Bades landete. Eine Tür weiter war das Klo. Blieb nur noch die Tür am Ende des Flurs. Ich trat zu, und die Tür flog aus den Angeln. Gina saß im Bett und wollte kreischen, erkannte mich aber rechtzeitig und klappte den Mund wieder zu.

»Du bist meine letzte Rettung!« japste ich und kroch neben sie auf die Matratze. »Hand aufs Herz, wo war Jakob während der letzten zwei Stunden?«

Ihr Blick irrte zwischen mir und der Tür hin und her, wo Emmelmann, Kurz und Jakob bei ihrem Versuch, gleichzeitig durchzukommen, steckengeblieben waren.

»Nun sag schon«, sagte ich. »Wie lange war er weg?«

»Überhaupt nicht«, sagte sie. »Er war die ganze Zeit hier.«

Ich ließ mich zur Seite kippen und wünschte mir eine tiefe und vor allem langanhaltende Ohnmacht. Aber nicht einmal die war mir vergönnt.

Kapitel 29

Als ich langsam die Stufen der Polizeiwache am Werther Tor hinunterschritt, ging die Sonne auf. Sie tat das wie immer im Osten, aber sonst war nichts mehr, wie es mal war. Ich hatte eine Anzeige wegen Körperverletzung, Hausfriedensbruch, Widerstand gegen die Staatsgewalt und unerlaubtem Waffenbesitz am Hals. Außerdem mußte ich mit einer Klage auf Schmerzensgeld für die Nase und auf Schadensersatz für die Schlafzimmertür rechnen.

Van der Wimst war tot und dermaßen unauffindbar, daß Emmelmann mir gegenüber sogar geäußert hatte, er bezweifle die Existenz dieses Mannes. Sollte er glauben, was er wollte. Ich wußte, wie einfach der Beweis zu führen war. Davon sagte ich dem dicken Bullen aber nichts, denn das war jetzt ganz allein meine Sache.

Bis auf einen Zeitungsboten auf einem schwankenden Rad und ein paar junge Frauen, die hinter den Fenstern der Post Briefe sortierten, lag die Stadt noch in den Federn. Im Schaufenster eines Kosmetikstudios mit angegliedertem Höschenverkauf sah ich, daß die Saisonfarbe für Dessous weinrot war. Mir konnte es egal sein. So, wie mein Privatleben zur Zeit aussah, hätte ich die Sachen schon selber anziehen müssen.

Ich ging quer durch die Stadt rauf zum Orchheimer Tor. Für einen Moment war ich versucht, Beate aus dem Bett zu klingeln. Aber dann stieg ich in meinen Wagen und fuhr nach Engelgau.

*

Der beste Beweis, daß van der Wimst kein Phantom war, stand im Gebüsch am Rand der Frohngauer Straße. Der Holländer hatte den Peugeot abgeschlossen, aber das Schloß war kein großes Hindernis. Drinnen roch es wie am Abend zuvor nach Schweißsocken.

In den Ablagefächern der Türen und zwischen den Sitzen war der übliche Autokram verstaut. Stadtplan, Eiskratzer, Parkscheibe, Kleingeld und ein Päckchen Fromms. Ähnlich ging's im Handschuhfach weiter, nur, daß da zusätzlich eine Ruger .44 Magnum vom Gewicht einer Haubitze und mit einem Lauf wie ein Ofenrohr steckte. Die Zulassung klemmte an der Sonnenblende.

Ich ging nach hinten und kroch in den Laderaum. Dort lagen eine Schaumstoffmatte und ein Armeeschlafsack, der sich als die Quelle des Miefs erwies. Falls erforderlich, hatte van der Wimst hier wohl geschlafen. Unter dem Kapuzenteil des Sacks fand ich eine schwarze Kunstledertasche. Ich öffnete den Reißverschluß und pellte einen cremefarbenen Compaq aus.

Der Akku hatte noch soviel Saft, daß das Ding startete. Mit flackernden Dioden kam er in die Gänge, überprüfte sich selbst, erklärte sich schließlich für betriebsbereit und arbeitswillig – und fragte mich nach dem Paßwort. Da hatten wir den Salat.

Dabei war das bestimmt nichts Besonderes, entweder der Name von van der Wimsts erster Freundin oder der des Cockerspaniels, den er als Zehnjähriger zu Weihnachten bekommen hatte oder eine x-beliebige Abkürzung.

Quietschende Bremsen ließen mich aufblicken. Hinter meinem Golf hatte Ginas Pickup gestoppt. Weil die Frontscheibe spiegelte, konnte ich nicht erkennen, ob sie am Steuer saß. Vorsichtshalber legte ich mir die Magnum zurecht. Als wirklich Gina ausstieg, schob ich die Waffe unter den Schlafsack.

»Tom?«

»Hier hinten.«

»Was machst du da?« Selbst sie mußte sich bücken, um unter der Klappe stehen zu können. »Ist das der Wagen des Holländers?«

»Ja.«

»Warum hast du Emmelmann nichts davon erzählt? Dann hätte er dir glauben müssen.«

»Mir ist egal, was er glaubt.«

»Ich muß mit dir reden«, sagte sie und blickte sich um. »Aber woanders.«

»Woher weißt du überhaupt, daß ich hier bin?«

»Ich hab vom Fenster aus gesehen, wie du vorbeigefahren bist.«

»Hat Jakob mich auch gesehen?«

»Nein. Was ist jetzt?«

»Ich fahr hinter dir her.«

Während Gina in den Mitsubishi stieg, verstaute ich den Laptop und die Ruger im Kofferaum des Golf. Die Zulassung steckte ich in meine Brieftasche.

Es war zu früh, um irgendwo einen Kaffee zu bekommen. Deshalb nahm ich an, Gina würde einen Parkplatz ansteuern. Das tat sie auch. Sie parkte unter der Hochbrücke beim Friedhof. Ich setzte mich zu ihr ins Auto. »Ich dachte, wir halten auf irgendeinem Bergrücken und schauen ein bißchen übers Land«, sagte ich. »Hier stehen wir ja wie im Keller.«

»Ich bin mit Jakob ins Bett gegangen, weil ich herausfinden wollte, ob er es war, der die Kinder überfahren hat«, sagte Gina. »Um es vorwegzunehmen: Er war es nicht.«

Zum hundertstenmal bereute ich, daß ich mir damals nicht diese Mini-Kaffeemaschine für den Zigarettenanzünder gekauft hatte. Neunundvierzig neunzig hätte sie gekostet. Ich wußte gar nicht, ob es die Dinger noch gab.

»Wie kannst du sicher sein, daß er es nicht war?«

»In der Kommode in seinem Schlafzimmer liegen sauber gestapelt seine Tagebücher. Als er im Bad war, hab ich nachgeschaut. An dem fraglichen Tag war er in Paris.«

»Würdest du etwa als daily highlight festhalten, zwei Kinder überfahren zu haben?«

»Es gibt noch einen anderen Beweis. Ich hab mir seine Fahrzeugpapiere angesehen. Der Wagen wurde erst im Juni letzten Jahres auf Jakob zugelassen. Er kann es nicht gewesen sein.«

Die Scheiben beschlugen und ließen die böse Welt da draußen unsichtbar werden. Wir saßen wie in einem Kokon. Mal sehen, ob wir als Schmetterlinge rauskommen würden.

»Hat Emmelmann dir noch sehr zugesetzt?« fragte Gina nach einer Weile.

»Nur im Rahmen der Vorschriften.« Ich malte Killroy auf die Seitenscheibe. »Verstehst du was von Computern?«

»Was man so davon versteht. Ich mache Buchführung und Steuererklärung auf dem PC. Wieso?«

»Der Laptop von van der Wimst will ein Paßwort, sonst läßt er mich nicht an die Dateien. Kann man so was umschiffen?«

»Nicht, daß ich wüßte. Man müßte einen Spezialisten fragen.«

»Und wenn du's mal versuchst?«

»Was soll ich denn da versuchen?«

»Vielleicht kommt dir ja 'ne Idee, wenn du den Kasten siehst.«

Gina stöhnte. »Hol ihn schon her.«

*

Nach einer halben Stunde hatten wir erreicht, daß der Computer zum hundertsten Mal »Paßwort ungültig. Bitte neue Eingabe« anzeigte.

»Es ist zwecklos«, sagte Gina, die das Gerät auf ihren Knien balancierte. »Solange wir über van der Wimst nicht mehr wissen, können wir es vergessen.«

»Was willst du denn wissen?«

»Den Namen seines Wohnortes. Irgend so was.«

Ich spuckte meinen Zahnstocher aufs Armaturenbrett. »Tja, das war's dann wohl. Halt – ich hab doch die Zulassung.« Ich holte meine Brieftasche raus und studierte das Papier. »Hier – er wohnte in Amsterdam.«

»Amsterdam haben wir eben schon versucht.«

»Saumist.«

»Was ist das denn?«

»Eine Autogrammkarte von Kuno. Die kriegst du automatisch mit der Rechnung. Schenk ich dir.« Ich gab ihr das Foto. »Warte mal, sein Geburtsort ist Dordrecht. Probier's mal damit.«

»Wie schreibt sich das?«

Ich buchstabierte. Wieder Fehlanzeige.

»Zeig mal her.«

Sie nahm mir die Zulassung aus der Hand. »Van der Wimst ist am neunundzwanzigsten Februar geboren. In einem Schaltjahr, verstehst du? Das wär doch was.«

Ich beugte mich zu ihr hinüber und studierte das Datum.

»Tatsächlich. Geboren am 29.02.1964. Er war erst dreiunddreißig. Gerade mal so alt wie Jesus.«

Gina tippte die Zahlen ein. Das Ergebnis war das gewohnte.

»Keine Panik«, sagte sie. »Ich laß mal die Neunzehn weg.«

Wieder nichts.

»Versuch's mal mit Schrägstrichen statt Punkten«, sagte ich. »Manche schreiben's ja so.«

Die Dioden blinkten, die Festplatte setzte sich vernehmlich in Gang und – wir waren im Menü.

»Bingo!« kreischten wir und hätten beinahe den Laptop runtergeschmissen.

»Ganz vorsichtig«, sagte ich. »Jetzt bloß keinen Fehler machen. Mist, der hat ja alles auf holländisch notiert.«

»Was hattest du erwartet. Finnisch?«

»Verstehst du Holländisch?«

»Ein Drittel meiner Gäste kommt aus Holland. Da bleibt so manches hängen.«

Aber auch für mich war es weniger schwierig als erwartet. Ich verstand zwar nicht jedes Wort, aber hinter den Sinn kam ich allemal. Der Reihe nach wühlten wir uns durch alle möglichen Dateien. In den meisten war bitweise Korrespondenz mit Firmen, Verbänden, Ministerien und so weiter. Dann gab es endlose Tabellen mit den Ergebnissen chemischer Untersuchungsreihen, Analyseprotokolle, Fracht- und Zollpapiere sowie einen elektronischen Wust anderer Dokumente, aber nichts, was mich vom Hocker riß.

»Was suchst du eigentlich genau?« fragte Gina.

»Informationen über die Hintermänner. Zum Beispiel den Namen dieses holländischen Eierbarons, den van der Wimst mir nicht nennen wollte.«

»Da war doch eben so 'ne Art Organisationsdiagramm.«

Ginas Finger glitten souverän über die Tastatur.

Das Diagramm erschien. Es war unübersichtlich, weil es nicht ganz auf den Bildschirm paßte, so daß wir ständig blättern mußten. Außerdem stand nahezu jeder mit jedem in irgendwelchen Beziehungen, mal auf direktem Weg, mal auf Umwegen. Die einzelnen Organisationseinheiten, hinter denen ganze Unternehmen oder auch Einzelpersonen stehen mochten, trugen Decknamen aus dem Tierreich. Eine hieß ›Shark‹, eine andere ›Lobster‹, eine dritte ›Oyster‹. Dann gab es eine Einheit namens ›Lion‹, eine namens ›Tiger‹ und eine weitere namens ›Jaguar‹. Mittendrin, wie die Spinne im Netz, saß ein Fisch. Auf den tippte Ginas Zeigefinger.

»Das muß der Eierbaron sein«, sagte sie. »Jetzt müssen wir nur noch rausfinden, wer sich hinter dem Decknamen verbirgt.«

»Nicht nötig«, sagte ich. »Der Barde hat seine Plattenmillionen in Legebatterien angelegt. ›Matjes‹ ist Kunos Spitzname.«

Kapitel 30

Wir standen unter der Blutbuche, ziemlich genau an der Stelle, wo ich vor zwei Tagen den Nervenzusammenbruch hatte. Auf Josefs Grab türmten sich noch die Sträuße, Gebinde und Kränze von der Beisetzung. Gina ordnete die Schleifen, die der Wind verzwirbelt hatte. Zum Schluß bekreuzigte sie sich. Ich half ihr aus der Hocke hoch. Ihr Blick blieb an mir hängen.

»Was ist mit dir?« fragte sie. »Du guckst so – beinahe belustigt.«

»Tut mir leid«, sagte ich. »Das war ohne Absicht. Ich wollte deine Gefühle nicht verletzten.«

Sie starrte mich an, als hätte ich den Satz ironisch gemeint. Das war nicht der Fall gewesen, aber sie hatte es so aufgefaßt. Ich setzte an, mich für die Entschuldigung zu entschuldigen, aber da legte Gina ihre Hand auf meinen Mund. Ganz leicht, daß ich kaum ihre Finger spürte, nur einen Hauch parfümierter Seife erschnupperte.

So standen wir uns eine ganze Zeit gegenüber, auch noch, nachdem sie ihre Hand wieder weggezogen hatte. Zum ersten Mal fiel mir auf, wie dunkel ihre Augen waren. Sie glänzten wie nasser Schiefer.

»Ich fahr jetzt zurück nach Kyllburg«, sagte sie schließlich. »Kommst du mit?«

»Der Fall ist noch nicht aufgeklärt.«

»Das ist nicht länger dein Job, Tom. Und er war es auch nie.«

»Oh doch, mehr denn je.«

»Berichte Emmelmann, was du herausgefunden hast, und laß dann die Finger davon. Bitte.«

»Nein.«

Gina wandte sich ab, ging ein paar Schritte und drehte sich noch einmal um. »Dann sag mir wenigstens, was du vorhast.«

»Ich glaube, das weißt du.«

Sie sog tief Luft ein. »Was sollen wir uns dann sagen? Au revoir oder adieu?«

»Halt mir ein Zimmer frei«, sagte ich.

*

Ich hatte in den letzten Tagen kaum etwas gegessen und für meine Verhältnisse so gut wie nichts getrunken. Im Gegenteil, ich hatte mich sogar kalorienzehrend betätigt, und doch kam ich an den gestapelten Bierkisten schlechter vorbei als zuvor. Wenn das der Erfolg solider Lebensführung war, dann konnte mich der ganze Quatsch mal kreuzweise.

Oben wurde es noch enger. Zwei Koffer und eine Reisetasche blockierten die Tür.

»Was wird das?« fragte ich Beate, als sie die Tür öffnete. »Urlaub oder Umzug?«

»Komm erst mal rein.«

Die Küche war aufgeräumt und geputzt, alles blitzte und blinkte. Ich traute mich kaum, Platz zu nehmen.

»Ein letztes Bier hab ich noch. Magst du?«

»Anständige Leute frühstücken um die Zeit.«

»Das hat dich doch noch nie gestört.«

»Gib schon her.«

Während ich einen langen Zug nahm, fragte sie: »Wie ist es bei Kuno gelaufen?«

»Eine Unterhaltung ist leider nicht zustande gekommen«, sagte ich und erzählte, wie der Barde vor den Balken geknallt war. »Aber was ist hier los?«

»Ich geh wieder nach Berlin. Ich hab da 'nen Job beim SFB in Aussicht. Nichts Dolles, aber man kann davon leben.«

»Wie kommst du hin?«

»Mit Bus und Bahn. Der Zug geht um halb elf ab Euskirchen. In Köln muß ich umsteigen. Warum fragst du?«

Ich konsultierte meine Seiko.

»Wenn ich dich zum Bahnhof bringe, reicht's. Ich hab nämlich noch 'ne Überraschung für dich.«

»Was denn für eine Überraschung?«

»Du weißt doch, wie das mit Überraschungen ist«, sagte ich. »Redet man drüber, sind es keine mehr.«

*

Vor dem Haus parkten mehrere Autos. Ich stellte meinen Golf dazu, und wir stiegen aus.

»Auch auf die Gefahr hin, daß du mich für neugierig hältst, was wollen wir hier?« fragte Beate.

Anstatt ihr zu antworten, fragte ich eine hübsche Blondine mit Brille, die gerade über den Hof getippelt kam und bleistiftkauend in ein Formular auf einem Klemmbord vertieft war, wo ich Jakob Deutsch finden könne.

»Er müßte in der Reithalle sein«, sagte sie ohne aufzusehen.

»Die Reithalle ist wo?«

Jetzt sah sie mich an und lächelte. Sie hatte schiefe Zähne. »Die Reithalle ist die Halle ohne Klimasteuerung. Dort drüben.«

»Danke.«

Wir spazierten über den Hof, wo ordentlich was los war. Ein Lkw wurde mit in Säcken verpacktem Saatgut, ein anderer mit Kisten voller Salatköpfe beladen. Der John Deere wurde auf Zwillingsbereifung umgerüstet, und drüben im Stall fühlte der Tierarzt den Kühen den Puls. Die großzügige Verglasung des Wohnhauses erlaubte auch einen Blick in das Großraumbüro im Parterre. Vor allen Bildschirmen rauchten die Köpfe. Die ÖEE ackerte für die nächsten fünfundzwanzig Millionen Umsatz.

Wir gingen die geteerte Zufahrt zu den beiden Hallen entlang. Als wir näherkamen, erkannte ich, was mir aus der Entfernung nie aufgefallen war. Halle zwei war lange noch nicht so weit, um als Kühlhalle genutzt zu werden. Auf dem Dach waren zwar schon die verzinkten Rahmen zur Aufnahme der Solarzellen montiert, aber die Module selbst fehlten noch. Dafür war sie bereits isoliert. Als ich gegen die Außenwand klopfte, klang es ähnlich dumpf wie bei Halle eins. Die Pferde würde es freuen, vor allem im Winter.

Da die beiden Hallen vom gleichen Zeichenbrett stammten, gab es auch hier auf der Vorderseite eine Tür. Die war allerdings verschlossen. Also mußten wir auf die andere Seite des Gebäudes, wo sich das Rolltor befand. Es war zur Hälfte hochgefahren.

»Ab jetzt müssen wir schön leise sein«, sagte ich. »Sonst wird das nichts mit der Überraschung.«

»Willst du dich etwa anschleichen? Das ist doch Kinderkram.«

»Gönn mir halt den Spaß.«

»Ich bin mir nicht sicher, ob das wirklich Spaß ist.«

»Man muß auch mal vertrauen können«, sagte ich und zwinkerte. »Nun komm schon.«

Die Halle war in zwei Bereiche unterteilt. Der vordere und größere Teil bestand aus einem mit Torf und Sägespänen bestreuten Reitplatz, auf dem verschiedene Hindernisse aufgebaut waren. Hier wurde also Springreiten geübt. Es gab sogar ein anderthalb Meter hohes Mäuerchen, das allerdings nach Pappmaché aussah. Eigentlich vermißte ich nur einen Wassergraben. Aber vielleicht gab es ja irgendwo einen Deckel, den man hochheben konnte.

Jenseits des Platzes besorgte eine zirka sechs Meter hohe, aus Stahlträgern und Holz kombinierte Wand die Abtrennung der Halle. In die Wand eingelassen war ein doppelflügeliges Tor, das offenstand. Dahinter lag die Stallgasse, die zu den einzelnen Boxen führte. Vor einer der Boxen stand eine hoch mit Mist beladene Schubkarre.

Wir waren vielleicht noch zehn Meter von der Karre entfernt, als Beate plötzlich mit einem Schmerzensschrei umknickte und sich den Knöchel hielt. Ich ließ sie sitzen, aber bevor ich die Box erreicht hatte, kam Jakob schon mit einer Mistgabel in der Hand heraus. Er trug eine blaue Latzhose und Gummistiefel, die an ihm aussahen wie von Versace und Gucci. Die verpflasterte Nase war die von Jack Nicholson in Chinatown. Im ersten Moment guckte er ungläubig, dann spießte er die Forke in den Misthaufen auf der Karre und fischte ein Handy aus der Latztasche.

»Jetzt gehst du eindeutig zu weit«, sagte er, während er tippte. »Bisher hab ich dir gegenüber Nachsicht walten lassen, aber damit ist nun Schluß. Ab sofort gibt's kein Pardon mehr.«

»Wen willst du anrufen?«

»Emmelmann, wen sonst? Du hast doch gehört, was er gesagt hat: Setzt du noch einmal einen Fuß auf meinen Grund und Boden, locht er dich ein.«

»Leg das Ding weg, Jakob, und laß uns in Ruhe miteinander reden. Wie sich das für erwachsene Männer gehört.«

Jakob bekam anscheinend keine Verbindung. Er ging ein paar Meter zurück und versuchte es erneut. »Zu spät, Tom. Die Gelegenheit hattest du, und du hast sie verpatzt. Was machst du eigentlich hier, Beate? Ich dachte, du sitzt längst im Zug.«

Statt dessen saß sie noch immer auf dem Boden und massierte ihr Fußgelenk. »Ich wußte nicht, daß er zu dir wollte, sonst wär ich nicht mitgefahren. Er hat mich angelogen.«

»Das ist nicht wahr«, sagte ich. »Die Überraschung kommt gleich.«

»Welche Überraschung?« fragte Jakob.

»Steck das Handy weg und komm her, dann erfährst du's.«

»Glaubst du, ich hab Lust, mich noch mal auf die Nase schlagen zu lassen?« Gleichzeitig hackte er wütend auf dem Mobilphone herum. »Verdammtes Mistding!«

»Ich versprech dir, dich nicht zu schlagen«, sagte ich. »Wenn du willst, schwör ich sogar auf irgendwas.«

»Darauf pfeif ich.« Die Verbindung schien zustande gekommen zu sein, denn seine Gesichtszüge entspannten sich.

Wenn gutes Zureden nichts half, mußte ich eben drohen. Ich öffnete die Lederjacke, zog die Ruger aus dem Hosenbund und jagte eine Kugel in die Schubkarre. Die Karre platzte förmlich, daß der Mist nach allen Seiten klatschte. Gleichzeitig sirrte die Mistforke davon und verfehlte Jakobs Kopf um Haaresbreite. Beate kreischte auf, und Jakob machte ein Gesicht, als hätte er gerade einen Flugzeugabsturz überlebt.

»Legst du das Ding jetzt weg?« fragte ich und zielte auf seinen Unterleib.

Das Telefon landete im Stroh, und er hob die Hände.

»Ganz cool bleiben, Tom«, sagte er. »Verlier jetzt nicht die Nerven. Sagtest du, ich soll zu dir kommen?«

»Genau das hab ich gesagt.«

»Okay, Tom. Kein Problem. Alles, was du willst.«

Langsam, die Trümmer der Schubkarre umkurvend, kam Jakob her. Er übte bereits wieder an seinem entwaffnenden Grinsen. Als er vor mir stand, war es schon wieder ganz breit.

»Hattest du nicht was von einer Überraschung gesagt?«

»So ist es«, sagte ich und drückte ihm den Lauf der Ruger in den Magen. »Keine Panik, das ist nur eine Vorsichtsmaßnahme.«

Ich wartete, bis er wieder etwas entspannter aussah. Erst dann riß ich ihm die Augenbrauen runter.

Jakob schrie nicht auf, er zuckte nicht einmal großartig zusammen. Einzig sein Grinsen kam ihm abhanden.

»Hallo, Josef«, sagte ich. »Schön, dich wiederzusehen.«

Kapitel 31

»Steh auf«, sagte ich zu Beate.

Sie starrte mich völlig verständnislos an, und da ich das ganze Theater leid war, verpaßte ich ihr einen Fußtritt, daß sie der Länge nach in den Dreck flog.

»Steh auf. Oder soll ich dich hochprügeln?«

Sie schnellte in den Stand, wie es eine Kunstturnerin nicht schöner gekonnt hätte. Gleichzeitig mutierte ihr hübsches Gesicht zu einer wutverzerrten Fratze.

»Du elender, dreckiger Scheißbulle«, giftete sie. »Du fühlst dich doch nur mit 'ner Knarre in der Hand stark. Ist die für dich 'n Schwanzersatz? Weil du mir deinen nicht reinschieben konntest, zeigst du's mir jetzt damit, wie? Wow, wie geil!«

Ich wählte unter den drei mir verbliebenen Zahnstochern den schönsten aus. »Bist du fertig?«

Ihre Antwort bestand darin, daß sie nach mir spuckte, mich aber verfehlte.

»Wenn du das noch einmal machst, zieh ich dich an den Haaren durch die Pferdescheiße«, sagte ich. »Und jetzt ab in den Käfig mit euch.«

Die Box wirkte recht sauber, jedenfalls konnte ich keine Pferdeäpfel entdecken. An der gegenüberliegenden Wand hingen mehrere Leinen und Zaumzeug. Darunter lag ein Ballen Stroh oder Heu. Ich kann das nie auseinanderhalten.

»Setzt euch da drauf«, sagte ich. »Ich hab nämlich ein paar Fragen.«

»Deine beschissenen Fragen kannst du dir sonstwohin stekken!« keifte Beate.

»Ich sagte: Setzen.«

Josef ließ sich als erster nieder. Ich sah ihm an, wie seine Gedanken bei der fieberhaften Suche nach einem Ausweg Amok liefen. Als er saß, hockte sich auch Beate hin und rieb sich die Hüfte. Ich verstaute die Ruger wieder im Hosenbund und lehnte mich mit der Schulter an den Pfosten des Gatters.

»Eine Frage hab ich auch«, sagte Josef. »Wie hast du es rausgekriegt?«

»Mit der üblichen Mischung aus Neugier, Kombinationsgabe, Instinkt, Glück und Hartnäckigkeit«, sagte ich und schob den Zahnstocher auf die andere Seite. »Fehler hast du wenige gemacht, dafür war einer davon um so gravierender: Beate hätte nicht derart penetrant versuchen dürfen, mich auf Kunos Fährte zu locken. Das war das erste, was mich mißtrauisch gemacht hat. Genial war hingegen der Zug, daß du dich als Jakob durch kleine, relativ leicht zu widerlegende Lügen verdächtig gemacht hast. Während ich Beweise gesammelt habe, um dich zu überführen, hat Beate seelenruhig zugesehen, um dir dann im entscheidenden Augenblick das Alibi zu geben. Aber letztendlich ist auch das ein alter Hut: Reingewaschen ist nun mal sauberer als nie schmutzig gewesen.«

»Einen Fehler hast du vergessen. Ich hätte dich damals im Keller erledigen sollen, statt dich nur niederzuschlagen. Die Gelegenheit war einmalig, und ich hab sie verpaßt.«

»Noch schlauer wäre gewesen, du hättest die Papiere aus der Kassette gleich nach Jakobs Ermordung verschwinden lassen.«

»Ich hatte von einem Tag auf den anderen so viel zu bedenken, mußte so viel richtig machen, daß ich die verdammte Kassette einfach vergessen habe. Erst an dem Tag, als ihr in den Keller gegangen seid, ist das Ding mir wieder siedendheiß eingefallen. Daß ich es noch vor euch geschafft habe, da zu sein, war mehr Glück als Verstand.«

»Warum erzählst du ihm das alles?« fragte Beate. »Du redest dich noch um Kopf und Kragen. Halt den Mund und hol erst mal deinen Anwalt.«

Ganz meiner Meinung, hätte ich beinahe gesagt. Josef redete mir wirklich ein bißchen zu bereitwillig. So was macht mich mißtrauisch.

Während er etwas von ›er wolle es hinter sich haben‹ faselte, drehte ich mich um und sah die Stallgasse hinunter. »Wo sind eigentlich die Pferde?«

»Wie?«

»Ich seh keine Pferde.«

»Die sind auf der Weide. Wir haben schließlich Juni. Nur nachts holen wir sie aus Sicherheitsgründen rein.«

Sie tuschelten noch, als ich mich wieder umdrehte. Mein Räuspern ließ sie zusammenfahren.

»Beate will wissen, woher du das mit den Augenbrauen wußtest«, sagte Josef und guckte wie ein Erstklässler, der trotz voller Hosen behauptet, er hätte es rechtzeitig aufs Klo geschafft.

Ich zog ihm aber nicht die Ohren lang, sondern sagte lediglich zu Beate: »Du hast mir doch selbst erzählt, daß du Visagistin bist. Da hab ich zwei und zwei zusammengezählt. Hätte er gequiekt, hätte ich mich entschuldigt. Und jetzt will ich wissen, warum du deinen Bruder ermordet hast, Josef.«

»Wie?«

»Du hast mich sehr wohl verstanden«, schnauzte ich. »Ich habe nach deinem Motiv gefragt.«

Er war ehrlich verdattert. »Ich … Ich … «

»Weil er dich um dein Erbe betrogen hat?«

»Quatsch!« brauste er auf. »Sicher, bei seinem Tempo hätte ich zweihundert Jahre bis zur letzten Rate warten können. Mir erzählt der infame Hund, er hat kein Geld, und dann geht er hin und kauft sich zwei Tage später dieses ökologische Desaster von einem Auto. Auch wenn er die Karre billiger gekriegt hat, weil sie beschädigt war, hat das Ding trotzdem mehr gekostet, als er mir in den drei Jahren bezahlt hat.«

Bei mir begann ein ganzes Glockenspiel zu klingeln. »Du sagtest, der Wagen sei beschädigt gewesen. Wo war er beschädigt?«

»Was weiß ich. Irgendwo vorne. Scheinwerfer und Kotflügel. Glaub ich zumindest. Warum?«

»Weißt du, von wem er den Wagen gekauft hat?«

»Keine Ahnung.«

Im Geist hakte ich den Punkt ganz schnell ab, denn Josef war gut in Fahrt, und ich wollte nicht, daß er an Schwung verlor.

»Okay«, sagte ich. »Wenn es die Erbschaft nicht war, was war es dann? Hat er dir als Kind immer den Nachtisch geklaut?«

Josefs Augen weiteten sich, und seine Schläfenadern traten überdeutlich hervor. »Ich weiß nicht, was daran so komisch sein soll. Jakob hat sich schon immer einfach das genommen, was er haben wollte. Und wenn er es nicht gekriegt hat, durfte es auch kein anderer haben. Also hat er es kaputt gemacht.«

»Redet er von was Konkretem?« fragte ich Beate, weil mir das reichlich zusammenhanglos vorkam.

»Jakob war es, der Bobby abgestochen hat.«

Ich brauchte einen Moment, bis ich wieder wußte, wer Bobby war.

»Jakob war der Pferderipper?«

Beate nickte und biß sich auf die Lippen. Josef hatte ohnehin den Kopf gesenkt und sah aus, als würde er gleich flennen. Ich fand es natürlich auch ein Unding, Pferde abzuschlachten, aber Josef war ein erwachsener Mann. Etwas mehr Contenance hätte ich schon erwartet.

»Warum, in aller Welt, hat Jakob das getan?« fragte ich.

»Weil Bobby ihn abgeworfen hat«, sagte Josef, gegen Tränen kämpfend. »Dieses Dreckschwein, das sich mein Bruder nannte, war nämlich zu blöd zum Reiten, und deshalb mußte er jedes Pferd quälen. Er ist sogar mit Sporen geritten, das muß man sich mal vorstellen! Bobby hingegen hatte Charakter. Mehr Charakter als mancher Mensch. Ich hatte Jakob verboten, ihn zu reiten, aber er hat es immer wieder versucht. Er wollte dem Tier beweisen, wer der Stärkere ist. Und Bobby hat ihn ein ums andere Mal abgeworfen. Da ist Jakob in der Nacht vom dreizehnten auf den vierzehnten Juni 1995 hingegangen und hat Bobby mit einer Lanze abgestochen.«

»Wie hast du das denn rausgekriegt?«

»Beate hat's rausgefunden.«

Ich mußte schon wieder laut werden, da sie nichts sagte. »Dürfte ich vielleicht erfahren, wie?«

»Ich bin wirklich mal mit Jakob ins Bett gegangen«, sagte sie mit leiser Stimme. »Im Prinzip hat es sich genauso abgespielt, wie ich es dir erzählt habe. Josef und ich hatten Streit, er ist aus dem Haus, und ich hab mich betrunken und wollte jemand aufreißen. Dann stand Jakob vor der Tür, und wir sind zu ihm gefahren. Nur, daß das zwei Wochen früher passiert ist. Als Jakob unter der Dusche stand, hab ich in seiner Kommode gestöbert und bin dabei auf seine Tagebücher gestoßen. Ich hab mir einen beliebigen Band gegriffen, hab ihn irgendwo aufgeschlagen und lese als erstes, daß Jakob Bobby abgestochen hat.«

»Mein Bruder war ein Dreckschwein!« sagte Josef. »Ein gottverdammtes Dreckschwein. Und das schönste ist, er ist damit immer durchgekommen. Trotz allem, was er ständig ausgefressen hat, war er Vaters Lieblingssohn. Ich war nur zweite Wahl. Das gleiche bei den Mädchen. Jakob hat sie behandelt wie den letzten Dreck und hatte trotzdem den dicken Schlag. Ich mußte mich mit denen zufrieden geben, die übrig blieben. Es hat Jahre gedauert, bis ich mich freigeschwommen hatte und aufhörte, mich an ihm zu messen.«

»Ich würde gerne von dem Geniestreich hören, wie du deinen Bruder dazu gekriegt hast, heimlich bei dem Turnier mitzureiten«, sagte ich. »Denn das war doch deine Idee, oder?«

»Natürlich.« Es sah beinahe aus wie Vergnügen, was seine verkniffenen Züge aufweichte. »Einmal, das muß fünfzehn Jahre oder länger her sein, haben wir beide am Turnier von Satzvey teilgenommen. Der große Gag dabei war, daß der gute und der böse Ritter einander wie ein Ei dem anderen glichen, als sie nach dem Finalkampf die Helme absetzten. Das Publikum hat sich damals vor Begeisterung fast überschlagen. Wir wollten das dann irgendwann mal wieder machen, aber es hat nie mehr geklappt. Bis zu diesem Jahr. Es war meine letzte Chance mitzureiten, und mithin unsere letzte, das Spiel noch mal zu wiederholen. Nur diesmal wollten wir es total geheimhalten, nicht einmal der Veranstalter sollte Bescheid wissen.«

»Kam Jakob das nicht seltsam vor?«

»Ach was, für ihn war das wie ein Streich aus Kinderzeiten. Dieses Doppelte-Lottchen-Spiel, das wir früher dauernd gespielt haben. Er hat sich über den Bachlauf eingeschlichen und in einem der Zelte versteckt. Dort haben wir dann die Garderobe getauscht, und während er in meiner Aufmachung nach draußen ritt, hab ich mir den Engländer geschnappt. Um Haaresbreite hätten mich seine

Knappen dabei erwischt, aber ich hatte Schwein. Den Rest kennst du ja.«

»Warum ein derart öffentlicher Mord mit so hohem Risiko? Du hättest deinen Bruder doch auch hier in der Güllegrube ersäufen können.«

»Genau darum. Wer würde darauf kommen, daß der eigene Bruder derart Vabanque spielt, wenn es für ihn einfachere Möglichkeiten gibt? Außerdem mußte ich an Gina denken. Sie war der größte Risikofaktor. Nur wenn sie Josef sterben sah, würde sie mir den Jakob abkaufen. Verstehst du?«

»Das hat sie auch. Bis letzte nacht.«

Wie ein fernes Wetterleuchten flackerte Unsicherheit über Josefs Gesicht. »Hast du sie gesehen? Was hat sie gesagt?«

»Nichts. Aber du kannst schon mal vorab alles Geld, das sie dir für's Tütenkleben zahlen werden, darauf setzen, daß sie dich erkannt hat.«

»Was war letzte Nacht zwischen Gina und dir?« Beinahe unbemerkt hatte sich Beate erhoben und starrte wutschnaubend auf Josef. »Hast du mit ihr geschlafen?«

»Das war nur ein Test«, sagte er. »Ein Test, ob sie –«

»Du verlogener Hurenbock!« Beate trommelte mit den Fäusten auf Josef ein, der schützend die Arme hob. »Du hattest versprochen, es sei Schluß! Du hattest es versprochen!«

Wie das bei solchen Attacken ist, sie erlahmen mit der Zeit. Deshalb kümmerte ich mich auch nicht weiter darum, sondern wartete, bis Beate die Schlagkraft ausging und sie heulend auf die Knie sank. Als Josef seine Hand nach ihr ausstreckte, schlug sie sie weg.

»Ihr werdet im Knast noch Gelegenheit genug haben, über eure Beziehung zu sinnen«, sagte ich. »Vielleicht gibt's auch Papier, und ihr könnt euch Briefchen schreiben.«

»Wieso Knast?« fragte Beate mit völlig verheultem Gesicht. »Ich hab nichts getan.«

»Wer hat Josef in der Mordnacht auf dem Autobahnparkplatz abgeholt? Wer hat ihm ein falsches Alibi gegeben? Dachtest du etwa, so etwas bleibt ungestraft?«

»Es war nur wegen dem Pferd. Ich hab doch mal in 'ner Abdeckerei gearbeitet. Noch Sekunden vor ihrem Tod haben einen die

Tiere mit ihren großen Augen angesehen, als wollten sie fragen: Stimmt es wirklich, daß man hier ermordet wird? Nach drei Tagen mußte ich da weg. Als ich mir dann vorstellte, daß Bobby genauso ...«

»Erzähl das dem Richter, vielleicht ist er ja ein Pferdenarr. Was war mit den Eiern?«

»Was soll damit gewesen sein?« fragte Josef und fuhr Beate, die ihren Kopf auf seinen Oberschenkel gelegt hatte, durchs Haar.

»Wie bist du darauf gekommen, daß da was faul ist?«

»Durch einen Zeitungsartikel. Ich hab mir dann 'ne UV-Lampe besorgt und Stichproben gemacht. Die Hälfte war positiv.«

»Hast du deinen Bruder darauf angesprochen?«

»Das wollte ich, weil ich mir sicher war, daß er Eier aus Legebatterien einkaufte und hier umpacken ließ, um sie mit ÖEE-Stempel weiterzuverkaufen. Dazu kam es aber nicht mehr, weil mein Plan schon feststand.«

»Dann hast du die Sache überhaupt nicht weiter verfolgt?«

»Nein.«

»Dann weißt du auch nicht, wer sich hinter dem holländischen Lieferanten verbirgt?«

»Keine Ahnung. Ist mir auch scheißegal. Ich hätte die Verträge sowieso zum nächsten Termin gekündigt.«

»Letzte Frage: Wer hat van der Wimst vom Dach geschossen. Warst du das?«

»Nein. Ehrlich nicht.«

»Wer dann?«

»Dreimal darfst du raten, Söhnchen«, sagte eine schnarrende Stimme hinter mir. Diesmal spürte ich nicht die Zinken einer Mistgabel, sondern den Druck eines Gewehrlaufs im Kreuz.

Kapitel 32

Meine Nahkampfausbildung war Jahre her, und schon damals, obwohl ich da noch schlank und fit gewesen war, hatte ich mich nicht mit Ruhm bekleckert. Ich war immer der Auffassung gewesen, wenn es wirklich darauf ankommt, dann kann man das. Das war jetzt so eine Situation. Ohne mich zu wehren, würde ich das Tageslicht nicht wiedersehen.

»Vorsicht, Hermann, er hat einen Revolver«, sagte Josef. »Ich nehm ihn ihm ab.«

Beate und er drängelten gleichzeitig auf mich zu, wobei sie ein Gesicht machte, als wolle sie mir in die Eier treten. Ehe sie die kritische Distanz erreicht hatte, fuhr ich herum und schlug den Gewehrlauf zur Seite. Im selben Moment ging die Flinte los. Beate wurde schlagartig blaß und kippte weg.

Bevor ich mich versah, hagelten Gewehrkolbenschläge auf mich nieder. Gleichzeitig umschlang mich Josef von hinten. Als Hermann erneut die Waffe hob, trat ich zu, aber der alte Sack war verdammt flink und wich geschickt aus.

So gut er tanzen konnte, so schlecht konnte er zielen. Mit dem nächsten Kolbenstoß traf er Josef am Arm, der jaulend von mir abließ. Hermann hob die Flinte. Ich zog die Ruger, wich aber trotzdem vor ihm zurück.

»Bleib stehen!« rief ich.

Entweder war der Alte taub oder bescheuert, jedenfalls stapfte er weiter.

»Bleib stehen, oder ich schieße!«

Nichts half. Ich feuerte in die Luft. Ein Überschallknall in einer Keksdose konnte nicht lauter sein. Putz rieselte auf uns herab, aber auch das brachte Hermann nicht zur Räson. Also senkte ich den Lauf und schoß ihm ins Bein. Die Kugel durchschlug seinen linken Unterschenkel, und er kippte um.

Ich war mit Hermann und Beate allein. Beide atmeten, Beate sehr flach. Die Kugel hatte sie an der Schulter erwischt. Wo war Josef? Vorsichtig schob ich mich hinaus in die Stallgasse – und verlor dabei fast meinen Arm.

Nur der Tatsache, daß der Lauf der Ruger so idiotisch lang war, hatte ich es zu verdanken, daß Josef zu früh zuschlug. Das Schwert traf die Waffe in Höhe der Trommel. Sie wurde mir aus der Hand gerissen, und meine Hand war augenblicklich taub.

»Da staunst du!« rief Josef. Seine Augen glühten wie Holzkohle im Dunkeln. »Jetzt tragen wir es aus wie echte Ritter. Da drüben in der Box ist meine Waffenkammer. Wähle, was du brauchst.«

Ich war entsetzt. Der Kerl war übergeschnappt. »Deine Leute brauchen einen Arzt. Die verbluten sonst.«

»Hol dir eine Waffe und verteidige dich, du feiges Schwein!«

»Hast du nicht gehört? Wir müssen einen Arzt holen.«

»Du sollst dich bewaffnen!« Er war völlig hysterisch. »Sonst schlachte ich dich ab, wie du bist!«

So, wie ich mich fühlte, blieb sich das wahrscheinlich gleich. Meine rechte Hand war geprellt und schwoll zusehends an. Trotzdem, man hofft ja bis zuletzt. Ich ging in die Box. Josef blieb am Gatter zurück.

An den Wänden hingen Schwerter, Streitäxte, Morgensterne und Spieße. Darunter standen mit unterschiedlichen Wappen versehene Schilde. In der hintersten Ecke befanden sich, schräg angelehnt, die Lanzen. Ich schnappte mir eine. Sie war unhandlich, aber gar nicht mal so schwer. Damit würde ich schon zurechtkommen.

»Die ist aus Holz«, sagte Josef. »Da kannst du auch mit einer Salzstange antreten. Da drüben stehen die richtigen.«

Ich stellte die Holzlanze zurück und ergriff eine eiserne. Das heißt, ich versuchte es, aber mit nur einer funktionstüchtigen Hand, noch dazu der linken, hatte ich keine Chance. Josef schlug mit seinem Schwert vors Gatter.

»Triff endlich deine Wahl, Recke!« rief er. »Oder willst du ewig leben?«

Als Kind hatten mich Morgensterne immer fasziniert, aber ich befürchtete, mir damit bestenfalls selbst vor den Kopf zu schlagen. Daher nahm ich doch ein Schwert aus der Halterung. Das Ding war schwer wie Blei und kaum zu tragen. Wie ich damit kämpfen sollte, war mir schleierhaft.

Einigermaßen hoffungslos schleifte ich die Waffe zum Reitplatz, wo Josef wartete. Das Rolltor hatte er runtergelassen. Das einzige Licht kam jetzt von den Leuchtstoffröhren unter der Hallendecke.

»Gibt's Regeln?« fragte ich.

»Allerdings«, rief Josef und lachte wie Klaus Kinski. »Wer tot ist, hat verloren.« Dann kam er auch schon auf mich zu und holte zum Schlag aus. Ich hievte mir mein Schwert auf die Schulter und lief ihm davon. Ersten Schutz fand ich hinter der Mauer. Aus der Nähe war zu erkennen, daß sie aus Styropor war. Ich klemmte mir das Schwert zwischen die Beine und setzte meine Sonnenbrille auf.

»He, was soll das?« rief er. »Stell dich!«

»Ich mach das auf meine Art!«

Josef tauchte auf der anderen Seite auf, grinste wie der Teufel und stieß sein Schwert durch die Wand. Nur ein Satz nach hinten in allerletzter Sekunde rettete meine Leber davor, punktiert zu werden. Josef amüsierte sich köstlich. Ich machte, daß ich wegkam.

In einem weiten Bogen, wie ihn sonst die Pferde an der Longe gehen, lief ich durch die Halle. Josef brauchte sich mehr oder weniger nur auf der Stelle zu drehen.

»Was machst du, du Schwachkopf? Du verplemperst nur deine Energie.«

Den Hinweis hätte er sich sparen können. Bereits nach einer halben Runde war ich total groggy, was vor allem an dem Geläuf lag.

»Stell dich endlich!« rief Josef.

»Einen Dreck werd ich.«

»Dann stirb, du Hund!«

Brüllend und das Schwert mit beiden Händen gepackt stürmte er auf mich zu. Ich blieb stehen, denn inzwischen war ich da angekommen, wo ich hin wollte.

Als Josef bis auf zehn Meter herangekommen war, hob ich das Schwert. Bei fünf Metern drehte ich mich um, schlug zu und traf das Kabel genau über dem Verteilerkasten. Die Funken sprühten grell, während gleichzeitig die Deckenbeleuchtung verlosch. Ich machte ein paar Sprünge zur Seite, riß mir die Sonnenbrille runter und verharrte unbeweglich. Binnen Sekunden konnte ich eine erste Bewegung wahrnehmen.

Josef stolperte geblendet herum. Er hatte scheinbar noch registriert, in welche Richtung ich mich wegbewegt hatte, denn bis auf einen halben Meter Versatz steuerte er direkt auf mich zu.

»Du feiges Schwein«, brüllte er und stocherte mit seinem Eisen in der Dunkelheit herum wie mit einer Astgabel in einem Tümpel. »Wo hast du dich verkrochen?«

Ich würde ihm mein Schwert bis zur Parierstange in die Brust rammen, das wußte ich. Es war meine einzige Chance, denn auf einen Kampf mit ihm konnte ich es nicht ankommen lassen.

Uns trennten nur noch wenige Schritte. Langsam hob ich die Waffe, wobei ich den rechten Unterarm als Stütze unter die Klinge geschoben hatte. Ein wenig zitterte ich. Jetzt war es soweit.

In dem Moment setzte sich das Rolltor in Bewegung.

Damit hatten wir beide nicht gerechnet. Verblüfft glotzten wir auf den schnell breiter werdenden Streifen Licht. Etliche Schuhpaare und Hosenbeine wurden sichtbar. Erst in letzter Sekunde nahm ich wahr, daß Josef erneut angriff. Ich warf mich zur Seite, und sein Hieb ging ins Leere.

»Werfen Sie die Waffe weg, Herr Deutsch«, dröhnte Emmelmanns Stimme durch die Halle. »Das Spiel ist aus.«

»Niemals«, schrie Josef und und hob die Waffe über den Kopf.

Ich lag da wie auf der Schlachtbank. Der nächste Hieb würde mich halbieren. Ich sah Josefs glühende Augen, ich sah sein Grinsen, und ich sah, wie das Schwert –

Der Schuß fiel eher.

Josef stolperte drei, vier Schritte rückwärts und stürzte zu Boden.

»Den Arzt, schnell«, rief Emmelmann.

»Hinten in der Box liegen auch noch zwei«, sagte ich und rappelte mich hoch. »Ich hab so das Gefühl, ich muß mich bei Ihnen bedanken.«

»Irrtum«, sagte er und trat aus dem Weg.

Am Rolltor stand Gina.

Epilog

Der Besitz von Legebatterien ist ebensowenig strafbar wie das Singen scheußlicher Lieder. Im Gegensatz dazu wird das Überfahren von Kindern und das Begehen von Fahrerflucht streng geahndet. Aber nur, wenn man dessen überführt werden kann. Das ist jedoch nicht immer möglich. Um das auszugleichen, geht die Gerechtigkeit manchmal sehr eigenwillige Wege.

Drei Wochen nach den zuletzt geschilderten Ereignissen wurde Kuno, der Barde, beim Verlassen des ›Wirtshauses an der Rauschen‹ von einem Bierlaster überfahren. Seitdem sitzt die Stimme der Eifel im Rollstuhl. Noch während seines Aufenthaltes in der Rehabilitationsklinik verfügte Kuno die Gründung einer Stiftung zur Förderung Querschnittsgelähmter, die seinen Namen tragen sollte und in die er als Startkapital eine Million einbrachte.

Eine der ersten, die in den Genuß von Fördermitteln aus Kunos Stiftung kamen, war die kleine Sophie Kalff. Deswegen, ein bißchen aber auch wegen der Autogrammkarte, die ich Gina überließ und die sie an Sophie weitergab, ist die Kleine einer der treuesten Kuno-Fans. Bei Gelegenheit werden Gina und ich sie mal mit nach Münstereifel nehmen, und dann gehen wir ganz schick bei Kuno essen.

Eifel Krimi

BITTE EIN MORD von Edgar Noske
Die Eifel ist schön. – Allerdings nicht für Harry Kaplan, der aus Köln in das bezaubernde Eifelstädtchen Malberg kommt, um seine Tante Martha zu beerdigen. Leider bleibt es nicht bei einer Leiche: Ausgerechnet Harry findet Konrad Walterscheid, den Besitzer der kleinen Kyllburger Brauerei, von einem Armbrustpfeil durchbohrt vor dem Malberger Kriegerdenkmal. Harry gerät in eine tückische Intrige um Mord, Liebe und – Bier. Denn allem Anschein nach hat die mächtige Bitburger Konkurrenz ihre Finger im Spiel ...
»Ein packender Thriller mit überraschendem Ende.« *Bild*
Eifel Krimi 1, 190 Seiten, Paperback, ISBN 3-924491-76-3, 16,80 DM

Niederrhein Krimi

DER ESEL von Theo Hesse und Thomas Niermann
Freitagabend in der kleinen Stadt. Wesel am Niederrhein. Drei ehemalige Schulkollegen treffen nach zwölf Jahren zufällig wieder aufeinander. Drei extrem verschiedene Ausgangspositionen, die die Ebene begrenzen, auf der sich binnen Kürze ein Drama entwickeln wird. Der »verkrachte« Franz Huismann will mit krimineller Energie an die nötige Kohle kommen, um seinen Traum zu verwirklichen. Dazu braucht er Dr. Karl Kranz. Der »gemachte« Karl Kranz will verhindern, daß man ihn so einfach benutzt. Dazu braucht er niemanden. Der »verlachte« Fritz Fleischhauer will endlich als Journalist groß rauskommen. Dabei kann ihm keiner helfen. Liebesglück und zwei, drei Leichen. Schützenfest und Multikulti. Sozialpolitik und Lokalkolorit. Ein bißchen Flower-Power und ganz viel Frauen-Power. Das pralle Leben. Eben. So ist das halt am Niederrhein.
»Eine intelligente, witzig-freche und spannende Story.« *Der Weseler*
Niederrhein Krimi 1, 200 Seiten, ISBN 3-924491-95-X, 16,80 DM

Der Bergische Krimi

ÜBER DIE WUPPER von Edgar Noske und Klaus Mombrei
Da rockt eine Band durchs Bergische Land. Nach einem Konzert von »Bombay Black« wird eine junge Frau ermordet im Bandbus aufgefunden. Sämtliche Indizien verweisen auf Max Hellenrath, den Sänger der Band. Auf Kaution freigelassen macht er sich auf die Suche nach dem wahren Mörder und muß sich durch einen Dschungel von Mord, Intrigen und Erpressung kämpfen.
»Mörder-Jagd im Bergischen Land. Viel Lokalkolorit, viel Action, viel Fäuste.«
Bild-Zeitung
Der Bergische Krimi 1, 160 Seiten, ISBN 3-924491-60-7, 16,80 DM

BULLENMORD von Volker Kutscher und Christian Schnalke
Daß in Krimis hin und wieder ein Bulle auf der Strecke bleibt, ist nicht ungewöhnlich. Wenn jedoch ein leibhaftiger Zuchtbulle zu Tode kommt und sein Besitzer den Tod seines geliebten Tieres auf ein Mordkomplott zurückführt, dann ist dies ein ungewöhnlicher und spektakulärer Auftakt. Eine aufregende, mörderische Jagd quer durch das Bergische Land verheißt: die ländliche Postkarten-Idylle ist trügerisch. Auch in Wuppertal, Hückeswagen und Wipperfürth wird mit Koks die schnelle Mark gemacht.
»Das Erstlingswerk des bergischen Duos erweist sich als unterhaltsames Lesevergnügen mit spannenden und amüsanten Passagen.« *Prisma*
Der Bergische Krimi 2, 200 Seiten, ISBN 3-924491-87-9, 16,80 DM

EINE KUGEL FÜR MATA HARI von Christiane Gibiec
Die Undercover-Spionin Lydia betreibt zusammen mit ihrer Freundin Noemi eine Serviceagentur auf dem Wuppertaler Ölberg. Sie kann die Zustände kaum fassen, die sie anläßlich einer verdeckten Recherche bei der Fraktion der Grünen im Barmer Rathaus entdeckt: Korruption in großem Stil und arrogantes Machtgehabe der Kommunalpolitiker/innen. Die Fraktionsspitzen aller Parteien im Rathaus wollen sich am Verkauf des Kötter-Geländes in Unterbarmen schamlos bereichern. Um an einen Beweis für die Machenschaften zu gelangen, entwickeln Lydia und Noemi den Mata-Hari-Plan. Mitten hinein in ihre Vorbereitungen platzt eine schreckliche Entdeckung. Der Auftraggeber der beiden Agentinnen, ein Bauunternehmer aus Solingen, liegt erstochen im Annawald. Die Wuppertaler Kripo ermittelt in alle Richtungen …
Der Bergische Krimi 3, 170 Seiten, ISBN 3-924491-96-8, 16,80 DM

Köln Krimi

TÖDLICHER KLÜNGEL von Christoph Gottwald
Köln-Krimi 1, Paperback, 144 Seiten, ISBN 3-924491-01-1, 16,80 DM

DREIMAL NULL IST NULL von Frank Schauhoff
Köln-Krimi 2, Paperback, 156 Seiten, ISBN 3-924491-03-8, 16,80 DM

LEBENSLÄNGLICH PIZZA von Christoph Gottwald
Köln-Krimi 3, Paperback, 144 Seiten, ISBN 3-924491-07-0, 16,80 DM

YELLOW CAB von Uli Tobinsky
Köln-Krimi 4, Paperback, 156 Seiten, ISBN 3-924491-10-0, 16,80 DM

DER SCHWARZGELDESSER von Frank Grützbach
Köln-Krimi 5, Paperback, 204 Seiten, ISBN 3-924491-16-X, 16,80 DM

TOD IN DER SÜDSTADT von Rüdiger Jungbluth
Köln-Krimi 6, Paperback, 150 Seiten, ISBN 3-924491-26-7, 16,80 DM

SCHMAHL von Peter Meisenberg
Köln Krimi 7, Paperback, 148 Seiten, ISBN 3-924491-31-3, 16,80 DM

HUNDERT NÄCHTE LÖSEGELD von Rolf Hülsebusch
Köln-Krimi 8, Paperback, 150 Seiten, ISBN 3-924491-36-4, 16,80 DM

KAMELLE von Ralf Günther
Köln-Krimi 9, Paperback, 180 Seiten, ISBN 3-924491-39-9, 16,80 DM

MARIE MARIE von Christoph Gottwald
Köln-Krimi 10, Paperback, 180 Seiten, ISBN 3-924491-46-1, 16,80 DM

HAIE von Peter Meisenberg
Köln-Krimi 11, Paperback, 220 Seiten, ISBN 3-924491-66-6, 16,80 DM

MORDSHUNGER von Frank Schätzing
Köln-Krimi 12, Paperback, 260 Seiten, ISBN 3-924491-71-2, 19,80 DM

DIE DUNKLE SEITE von Frank Schätzing
Köln-Krimi 13, Paperback, 380 Seiten, ISBN 3-924491-85-2, 19,80 DM

Köln Kurzkrimi

KEINE ANGST von Frank Schätzing
Paperback, 220 Seiten, ISBN 3-924491-88-7,16,80 DM

Köln Krimi *Classic*

NACHT ÜBER NIPPES von Edgar Noske
Köln-Krimi-*Classic* 1, Paperback, 164 Seiten, ISBN 3-924491-45-3, 16,80 DM

TOD UND TEUFEL von Frank Schätzing
Köln-Krimi-*Classic* 2, Paperback, 376 Seiten, ISBN 3-924491-59-3, 19,80 DM

Köln Krimi für Pänz und Kids

DIE SPUR FÜHRT ZURÜCK von Rolf Hülsebusch
Köln Krimi für Pänz 1, 160 Seiten, ISBN 3-924491-69-0, 16,80 DM

COOLE KANNEN von Ralf Günther
Köln Krimi für Pänz 2, 160 Seiten, ISBN 3-924491-82-8, 16,80 DM

DER RÖMERSCHATZ von Rainer Schalk
Köln Krimi für Pänz 3, 180 Seiten ISBN 3-89705-101-X, 16,80 DM

Düsseldorf Krimi

TOTE ROSEN von Edgar Noske
Düsseldorf Krimi 1, 200 Seiten, ISBN 3-924491-84-4, 16,80 DM

Aachen Krimi

TIEFER ALS DER TAG von Hermann-Josef Schüren
Aachen Krimi 1, Paperback, 246 Seiten, ISBN 3-924491-89-5, 16,80 DM